离歌

I

饶雪漫 著

长江出版传媒 | 长江文艺出版社

图书在版编目（ＣＩＰ）数据

离歌 . 1/ 饶雪漫著 . —武汉：长江文艺出版社，
2018.3

ISBN 978-7-5354-9181-7

I. ①离… II. ①饶… III. ①长篇小说—中国—当代 IV. ① I247.5

中国版本图书馆 CIP 数据核字 (2016) 第 237319 号

离歌 I

饶雪漫　著

选题产品策划生产机构 | 北京长江新世纪文化传媒有限公司

总 策 划 | 金丽红　黎　波　安波舜

责任编辑 | 孟　通　　　策划编辑 | 李　含　　　助理编辑 | 王　君　王晨琛

法律顾问 | 张艳萍　　　装帧设计 | 张洪艳　　　媒体运营 | 张　坚　符青秧

文案策划 | 连若琳　　　内文制作 | 吕　夏　　　责任印制 | 张志杰　王会利

总 发 行 | 北京长江新世纪文化传媒有限公司

电　　话 | 010-58678881　　　　　传真 | 010-58677346

地　　址 | 北京市朝阳区曙光西里甲 6 号时间国际大厦 A 座 1905 室　　邮编 | 100028

出　　版 | ╣长江出版传媒　╣长江文艺出版社

地　　址 | 湖北省武汉市雄楚大街 268 号湖北出版文化城 B 座 9-11 楼　　邮编 | 430070

印　　刷 | 大厂回族自治县彩虹印刷有限公司

开　　本 | 889 毫米 ×1194 毫米　1/32　　　印张 | 7.75

版　　次 | 2018 年 3 月第 1 版　　　　　印次 | 2018 年 3 月第 1 次印刷

字　　数 | 166 千字

定　　价 | 38.00 元

THE DANDELION GOES WITH WIND, AND MY WHOLE SORROW FOLLOWS YOU.

风 决 定 了 蒲 公 英 的 方 向 ， 你 决 定 了 我 的 悲 伤

序

十八岁那年的夏末秋初，我终于到达北京。

我坐的是飞机，阿南一直送我到安检处。这是我生平第一次坐飞机，行李托运了，我只背一个小包，非常轻松。把证件递给安检人员的时候，我回头看了一下阿南，他正朝我挥手，隔着很远的距离，我清晰地看到他眉间的"川"字。我迅速地把头别了过去，不让他看到我眼眶里的泪水。

阿南老了，我走了。

我知道他会夜夜想我，像我想他一样。

但我一定得走，这是一件多么抱歉的事。

我在飞机起飞前给阿南发去短信：老爸，珍重。我的手机是他新给我买的，诺基亚5330，音乐手机，还特别配了1G的存储卡，可以放上千首歌。他总是尽力给我最精致的生活，可我总是违背他的意愿。从十岁一直到十八岁，这漫长的八年里，我不知道我对他意味着什么，但他对我来说，意味着一座山。

不移不动，一直在那里的一座山。

阿南，请等我回来。

我一定会回来，我发誓。

——马卓

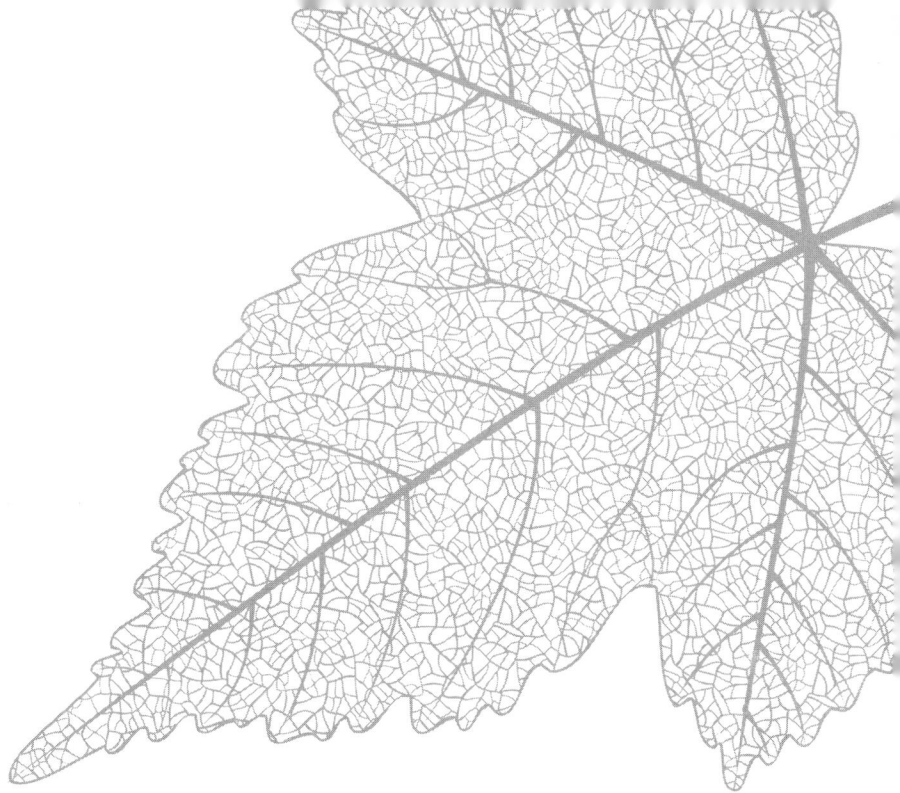

第一章 过去

— 第一章 过去 —

我的耳边是永不停息的雨声

我叫马卓，是个川妹子。

我出生的小城，有个很好听的名字，叫雅安，也有人叫它"雨城"。雨城的雨名不虚传，一下起来就没完没了。奶奶说，之所以会这样，是因为我们这里的天漏了一小块的缘故。我的奶奶是个藏族人，她其实并不算老，但她的脸上有很多皱纹，还有一双看上去很神秘的眼睛，她说的话我差不多都会相信，因为如果不信，兴许就会遭殃。我的爸爸就是一个活生生的例子，他在我两岁那年的一个晚上不顾奶奶的坚决反对非要跑出去见一个什么人，结果被一把牛耳尖刀插入心脏，当场死亡。

当时我的妈妈只有二十岁，还没有跟我爸爸领结婚证。爸爸死后她丢下我独自去了成都，于是我跟着奶奶长大。雨下个不停的时候，奶奶会给我唱歌，用藏语。那些与众不同的调子，飘飘忽忽，像是天外飘来，直至把我唱入梦乡。

九岁那年，妈妈终于从成都回来看我。放学后我回家，看到她坐在我家的堂屋里，瓜子脸，尖下巴，大眼睛，是个标准的美人。她一把把有些婴儿肥的我搂进怀里，用一种轻快的语气问我："你就是马卓吗？"

她叫我叫得太客气，仿佛我只是邻家一个许久不见的孩子。我怀着失望的心情轻轻地推开她，她却又把我拉回怀里说："好在我没给你买新衣服，你比我想象中矮好多呢。"

奶奶从外面走进来，手里拿着一块腊肉，夏天的腊肉失去它本来的光泽，变得干巴巴的，让人没有任何食欲。妈妈放开我，轻声唤了奶奶一声："妈。"

"滚！"奶奶把手里的腊肉一下子砸到地上，吓得我一哆嗦。

妈妈轻声说："我来看看马飙，还有马卓。"

马飙是我爸爸的名字。

"这里没啥子人是需要你看的。"奶奶说完，拉过我的手说，"马卓，你到屋子里头做作业去。"

我依言去了里屋。屋子里很黑，我没有开灯，在黑暗中抄完了当天的生词作业，抬起头来，才发现又下雨了。雨打在屋顶的青瓦上，让这个秋天的黄昏变得恍然如梦。屋外很久都没有声音，我猜是她走了，于是我推开门，蹑手蹑脚地跨出去，却没想到又看到了她。她站在屋角，那里挂着爸爸的一张照片，她把脚踮得高高的，伸手去触摸他的脸，触摸那张这么多年来一直挂在那里我却从来都没敢认真看过的脸。她纤细的手指迟疑地深情地抚摸过他的脸庞，空气里有灰尘碎裂的声音，和着滴答的雨声，让我快要窒息。

我蹲下身子，大气不敢出。直到她回转身，看到我，走到我身边，拎起我的两个胳膊，把我拎直了，让我望着她的眼睛。然后我听到她说："马卓，要不我带你走吧？"

"嗯哦。"我喉咙里发出一个短促的古怪的音节，然后试图挣脱她。

"你跟你爸长得真像。"她柔声说，"听话，让我带你走，我们再也不回来了。"

我不敢看她，我的眼睛一直盯着她的花裙子，上面有一个一个的紫红色的小图案，像某种动物的眼睛。我的天，我没有妈妈，这个从天而降的人怎么会是我的妈妈？可是她拉着我，我就没力气挣脱她。就在我们俩拉拉扯扯的时候奶奶带着小叔进门了，我的小叔虎背熊腰，力大无穷，他走上前来，分开我俩，扬起手来不由分说地就给了她一耳光。"你害死了我哥，还有脸回来？"

她捂住脸，鲜血从嘴角渗了出来，但她在微笑，只是笑，没有任何申辩。

"你趁早给我滚。"小叔说，"别让我再见到你，不然见你一次我打你一次。"

她好像并不怕，而是转过头来长久地看了我一眼，然后用清晰的、不容置疑的语气说："可以，不过我要带走马卓。"

小叔咬牙切齿地说："林果果，信不信我砍死你？！"

原来她叫林果果。

"我信。"她继续微笑着说，"那么在你砍死我之前，我把马卓带走。"说完，她走上前来拉我。

小叔转身，直接奔进了厨房。

　　我看到奶奶低喊一声，跟着跑了进去，堂屋里就留下我们两个。她俯下身来，冲我做了个鬼脸，在我耳边说："我们跑！"

　　她一使劲，鬼使神差的，我竟然跟着她跑出了门。雨下得越来越大，她拉着我跑得飞快，裙子上全是泥点也不管不顾。巷口刚好停着一辆的士，我被她推上了车，然后她也像个炮弹一样地跌了进来，喘着气对司机说："去长途汽车站！"

　　透过被雨点打湿的肮脏的车后窗玻璃，我看到高举一把锃亮的菜刀飞奔的小叔渐渐变成了一个看不见的小黑点。

　　她在车内笑起来，咯咯咯，声音像银铃一样清脆。

　　然后她转头看我，用一种又吃惊又高兴又怀疑的语气问我："马卓，你怎么可以长得跟你爸一模一样哦？！"

　　很久以后我才想明白，她那次回来，本来只是想看看我，后来忽然决定带我走，是因为我的样子让她想起了爸爸，想起了她和他曾经有过的美好却伤痛的岁月。而我，以这种匪夷所思的方式跟着她逃离了我生活了九年的家，却只有一个原因，她是我的妈妈。

　　我是一个需要妈妈的孩子。

　　这一点，我比谁都清楚。

_02

她决定带我去成都。出租车上她老是问我一些不搭调的问题，比如我是不是左撇子，喜不喜欢吃红烧肉，晚上会不会磨牙，走路的时候会不会走着走着突然就变成顺边……我均以摇头作答。

她好像有点生气，嘟着嘴看着我说："马卓小朋友，你可不可以用声音来回答我的问题呢？"

"那你问点有意义的。"我说。

她一愣，笑，然后重重地拍了一下我的肩说："果然有我的风格耶！"

她不知道，我的内心正进行着激烈地挣扎。走，不走？就算她从没出现过，离开的念头我也并不是从没有过。实话实说，我讨厌现在的日子，跟着她走仿佛是上天的安排，我又怎能违抗呢？

于是我安于天命地站在长途车站那个肮脏的狭小的售票厅里，等着她去买票，然而那晚我们却没赶上开往成都的最后一班车，她又带我打车，到城西找了个小旅馆住下。我们什么行李都没有，她到附近的超市买回一袋子生活必需品，跟服务员要了开水，泡方便面给我吃。

她把碍事的长裙脱掉，鞋子也踢掉，和我一起坐在床边吃面，一边吃一边问我："马卓，我跟你想象中是不是一样的呢？"

我傻傻地摇摇头。

"是不是更漂亮呢？嘿嘿。"她很臭美地看着我。

这回我老老实实地点点头。

她又笑，她笑起来真是放肆，嘴张得很大，眼睛弯到不能再弯，像日本动画片里的小姑娘似的，我看得有些发呆。她一定是饿了，呼噜噜喝下半碗面汤，然后说："你最好祈祷永远都不要被你小叔找到，不然，他一定会杀了我们。"

"我爸为什么会死？"我问她。

她看着我，有些不相信地说："他们没有告诉过你？"

我摇摇头。

"是意外。"她说，"你爸命不好，我只能这么讲。"

"可是小叔为什么要杀了我们？"

她喝掉最后一点面汤，把面碗扔到一边，两只手臂伸到空中，打了个大大的哈欠说："困了，我们该睡了，明天得赶最早一班车回成都。"

看她不想说，我也就没有再问下去。

旅馆的房间很小，被子很潮湿。整晚房间里都是挥不去的方便面的味道，让我想吐。我们本来一人睡一张小床，就在我快睡着的时候她忽然对我说："你冷不冷，要不要过来？"

我在黑暗里摇摇头。我一点也不知道自己为什么要摇头。事实上，我曾经不止一次梦到过她的怀抱，像棉絮，像云朵，像一汪浅浅的湖泊，在梦里，它载着我发出香甜的鼾声。我不知有多么贪恋那样的感觉，可是，我就是那样坚决地摇了头。在我曲折而多舛的成长岁月中，我常常是一个违心的人，我总是心口不一，有时仅仅因为一种莫名其妙的倔强，有时甚至什么也不为，我也会在很多事情面前一意孤行，从小就是，投射了我的将来。

不过，那一阵摇头她一定没看见。见我不出声，她自己摸到我床上，从我后面轻轻抱住我说："你小时候，喜欢贴着我睡。"

我背对着她，嘴角咬着潮湿的被子，眼泪无声无息地流下来。

"别怪我。"她呢喃着抱紧我，好像很快就要睡着。她的手指放在我的胸前，很细的手指。还有在我身后她很瘦的身体，冰凉的，仿佛没有什么热气。这个陌生的女人，她是我的母亲。她和我任何同学的母亲都不一样，她太年轻，太美丽，太不切实际。我有些不习惯和她的温存却最终没有推开她，怀着复杂的情绪，半夜的时候我终于睡着，可是很快又被噩梦惊醒，我梦到小叔抡起菜刀，从她的肩上一刀砍下去，鲜血从她的身体里迸出来，像滚烫的岩浆。她却还在笑，嘴唇鲜红，笑容妖媚。

醒后我发现自己浑身大汗淋漓，仿佛生了大病似的就要虚脱。

人生变得太快，不是年纪小小的我所能承受的。或许我还是该回归老老实实的日子，那样才能得到永久的安全。

她不再抱着我，却仍然向着我，睡得很沉，我只能从她均匀的呼吸里分辨。天光熹微的时候，我转过身子，凝视着她那张美丽的脸，我想我一定不能忘记这张脸，不管过去多久，不管我们以后是不是可以在一起，我都一定要记住，不可以忘记。

她一直在睡，没有发现我的注视。

我终于下了决心，从被窝里起身，穿上我的鞋，我的外套。我打开她放在枕边的钱包，发现里面有不少的钱，不过我只拿了一张十块的，走到门边，轻轻地开了门。就在我要出门的时候忽然听到她唤我："马卓！"

我惊慌地回头，发现她已经从床上坐了起来。她的长发有些乱，挡住了她的一只眼睛，但我却清晰地读到她眼里的忧伤。

我狠狠拉上门的那一刹那，或许有过零点一秒的眷恋，但是我已经无暇分辨这种眷恋，到底能不能使我回头。

我终于还是撇下了她，像她当初毫无眷恋地丢下我。

我捏着手里的十块钱，撒腿就跑。

城西离我家有些远，我在路边拦了辆的士，司机见我是小孩，不肯带我，我朝他扬了扬手里的十块钱，他才点头让我上车。一上车我就急急地转过头去看后车窗——其实我心里是盼着她能够追出来的，不管追不追得到，不管我愿不愿意回头，至少应该让我看到她的表情，一脸失望的表情，也好让我像一个小偷一样狼狈而孤独地逃走。

我甚至觉得，只要能看着表情失望的她，我就会有种快乐。虽然我不懂报复，但我却也会觉得像赢回来了似的，不管这赢带给我的究竟是喜悦还是惆怅。

但事实是，她没有追出来。我一直吃力地回头望着，渴望她露一个脸，但是只有又一次怯怯飘起来的清晨的雨水回应我的期待。我知道，不追，只意味着更失望。我一定是让她失望透顶了，我真是对不起她，像她一直那么对不起我。

等我回到家里的时候，奶奶正在院子里洗衣服，她好像早就知道我要回来，头也不抬地对我说："桌上有稀饭，包子，你吃了去上学还来得及。"

小叔从里屋走出来，见了我，一句话都没说，拎起靠在院子边的一根竹棍对着我劈头盖脸地打下来。我用手护住头想逃跑，可是根本跑不掉，眼看他一棍子就要敲到我的头上，我急中生智地朝着门边喊："妈！"

他转回头看，我已经跑到奶奶身边。

奶奶护住我，对他说："不关娃儿的事，你上你的班去。"

小叔用棍子恶狠狠地指着我说："你要是再跟着她跑掉，就永远不要回这个家。这里不是收容所，想来就来，想走就走！"

我点点头。

"姓林的婆娘现在躲在哪里？"

"她回成都了。"我说。

"算她走运！"小叔把竹棍子往地上一扔，气呼呼地出门了。

我没有来得及吃一口饭就背上书包往学校跑，但那天上学我还是迟到了。我坐在靠墙边的位子，外口的同桌周典名死坐在那里，就是不肯让我入座。我维持我的礼貌对他说："你让一下。"

他就像没听见。

我又说："请你让一下。"

他还是不理我。

我的书包一下子就砸到他的头上去。

他捂住头叫起来，正在黑板上写字的班主任回头说："周典名，你怎么回事？"

"马蜂窝用书包砸我！"周典名大声地委屈地说。

马蜂窝是我的外号，我最讨厌人家叫我这个外号，于是我的书包又一次重重地砸到了他的头上去。

全班哗然。

"马卓！"班主任说，"迟到你还有理了？！你给我站到教室最后面去！"

我在教室后面站了整整两堂课，脚都站酸了，没有一个人叫我回去坐，没有一个人同情我。不过我不许自己掉眼泪，站就站，站又站不死人。直到数学老师来上课，我才被允许坐回到自己的位子上。

"没妈的孩子，没教养！"我听到班主任这样对数学老师说。

我还是没有哭。

我为什么要哭？

我当然不会哭。

哭给谁看，谁会心疼？

一般中午我是不回家的，一天两块钱，可以在学校搭伙。但那天我决定回家，折腾了一夜，又站了一个上午，我实在吃不动饭，只想回家睡个午觉。可是等我刚踏进家门的时候，却发现情况不对，大门紧锁，奶奶不知道去了哪里。于是我绕到后面，从厨房的窗户爬了进去。我正准备在厨房里找点吃的东西的时候忽然听到小叔房间里有动静，他这时候居然在家！

一定有什么事发生。

我摸到小叔的门口，听到小叔在问："我哥那五万块钱，你到底弄到哪里去了？"

没有声响。

"六年过去了，你连本带利，加上我哥一条命，还个十万，不算多吧？"

还是没有声响。

"你不给，我就去成都跟你那个香港老公要，听说他很有钱，我看也不差这十万八万的，你说对不对啊？"

还是没有任何人回答。

"你要是答应，就点个头，不答应就摇个头。"小叔说，"我可以让你考虑到下午五点，马卓放学以前，不然，不要怪我不客气！好好考虑，老子在外头打牌等着你。"

听到这里，我赶快躲到了厨房的门背后。

没过一会儿，透过门缝，我看到小叔和三个年轻人从他房里走出来，在客厅里支上麻将桌，真的打起牌来。

其中一个问小叔说："这婆娘很烈啊，要是真不给钱，你打算咋子办？"

"弄死她。"小叔咬牙切齿地说。

我吓得莫名地一激灵。

"你妈知道不行吧？"

"放心吧，我妈被我支开了，不到晚上不会回来。"小叔说，"不吃不喝不上厕所，我就不信她真能挺到那时候。我们打两把，再进去她就什么都答应了！我哥一条命，这么多年我想起来都觉得心里堵得慌，这次她自己非要送上门来，算她倒霉！"

我再笨，也已经猜到里面是谁。她一定是回来找我，被小叔关了起来。我的天，我该怎么办？

我躲在门后，脑子飞快地转着：如果他们一直在屋里打麻将，我是没办法进屋去救她的。如果我报警？天啦，我该怎么报警？小叔会不会被抓起来，奶奶会不会被连累？

我只是一个九岁的孩子，按我有限的智商和经验，我实在想不明白这些问题。

但我一定要救她，这是毫无疑问的。

_03

我躲在厨房门后思考差不多有一刻钟的时间。这一刻钟像一个世纪那么漫长。终于终于，我有了主意！

我轻手轻脚地从厨房的窗户又爬了出去，飞奔到街上，找到一家公用电话，打我家的电话。电话响了，接电话的人自然是小叔。

"小叔。"我说，"有人到我学校找我了，他要见你。"

"谁？"小叔警觉地问。

"不知道，成都来的。"

"男的，女的？"

我拼命吞了口口水，答道："男的。"

"让他等我。我这就来。"小叔说完，挂了电话。

我放下电话，躲回巷口，看到小叔和那三个人一起很快出来，他们打了一辆车，往我学校去了。我赶紧跑回家，大门还是锁着的，我只好又从厨房翻进屋里，打算推开小叔的门救人，可是我一看就傻眼了，小叔的房门上竟然也上了一把锁！

我在堂屋里绕着圈，好不容易找到一把锤子，不管三七二十一地闭着眼睛就往锁上锤，但是我力气太小了，我敲了半天，大锁纹丝不动。我喘着气，忽然想起来，我可以从我房间的窗户爬到后院，再从后院爬进小叔房间的窗户，前提是……他的窗户没有关起来！

我跑进我的房间，该死的天又下雨了，雨点把窗台打湿，变得很滑，我的球鞋害我一脚从窗台上掉了下去，好在我家是平房，窗户不高，摔不死我。我抓住窗边的铁杆爬起来，终于爬到小叔房间那扇窗户旁，用力一推，谢天谢地，窗户开了！

我跳进去，第一眼就看到了她。她被五花大绑地绑在椅子上，眼睛被布蒙起来，嘴巴也被胶布捂得紧紧的。我先替她解开蒙着眼睛的布，她看到我，露出欣喜的神色，我再替她把嘴上的胶布一把撕开，她终于可以开口说话。"马卓，快救我！"

可是，我无论如何也解不开绑在她身上的绳子。

时间一分一秒地过去，如果小叔到了我学校，发现一切都是骗局，等他们再折回来，我和她，都会死得很难看！

"找把剪刀！"她提醒我。

可是，小叔的房间没有剪刀！

我又从窗户爬了出去，到奶奶房间找到一把大剪子，再爬回小叔房间，终于剪开了那些绳子！等我做完这一切，我已经全身发软，失去了所有的力气！

获得自由的她倒是生龙活虎，把我从地上一把拎起来说："我们走！"

我还是有些犹豫。

"跟我走，马卓。"她说，"我为了你差点被整死！你还有什么好犹豫的呢？"

她发亮的眼睛看着我，我在她的眼睛里看到我自己，这是命吧，我是她的女儿，我们应该在一起，这是命吧！

"好马卓。"她搂搂我，"走吧。"

"嗯……走。"

我们没敢走正门，我还是带着她从厨房的窗户逃跑。快爬出去的时候她忽然对我说："等一等。"

她飞快地跑到堂屋，踮脚取下爸爸那张照片，小心地抱在怀里，微笑着对我说："我们带你爸爸一块走！"

我们跑到巷口，拦了一辆的士，这回她不去长途汽车站了，而是跟司机说："直接去成都。"

"六百。"司机说。

"少废话，我给你八百！"她狠狠地踢了司机的座位一脚。

车开了，好像是被她踢开的一般。她翘起嘴角，得意地笑了。

一路上，她已经叮嘱我无数次说："别叫我妈妈，叫我小姨，要是有人问起你，你就说跟我来成都耍的，过阵子就回雅安，听到没？"

我点点头。

"你也别难过，跟着我不会太苦的。我知道你会想你奶奶，过阵子你愿意回来我再送你回来，反正我是不能露面了，你小叔都疯了，你没见到吗？"

我点点头。

"姑娘家要凶一点，才不会被人欺负，你晓得不？不过今天看你救我的样子，还是真有点儿我的风采咯。"

我点点头。

"你叫我一声？"她忽然温柔地说。

我想了一会儿，低声唤她："小姨。"

她一巴掌打我头上。"我是你妈噢。"

我摸着头说："是你让我叫你……"

"那是有人的时候。"她说，"没人的时候，你得叫我妈，听到没有？"

我再点点头。

"叫啊。"她说。

我却叫不出口，整个人傻傻地呆坐在车里。她并不强求，手放到我肩上来，把我搂住，问我："你体谅我的难处么？"

这又是个有点难度的问题，我又半天没吱声。她用冰凉的掌心捂住我的眼睛，说："马卓，这个名字是我起的，我那时候特希望你成为一个卓越的人，是不是有点傻气？"说完不等我回答，她自己又笑起来，"我那时候是特别傻气，你没见过。"

"怎么个傻法？"我忍不住好奇，问道。

"我是泸州的，十七岁跟家人到雅安来玩，遇到你爸那个坏蛋，运气坏，很快就被你爸给拿下了。你奶奶最恨的就是我，我那时三天两头跟她吵架，吵得最凶的一次吵得口腔溃疡。不过呢，你爸就是喜欢我，她也拿我没办法。我跟了你爸后就没回过泸州的家，我爸跟我说，没有我这个女儿。十八岁的时候生了你，生你的那天我痛得要死不活，大出血，差点就死了。刚恢复就跟你爸去爬雪山，结果发高烧，又差点死了。你一岁的时候我跟你爸去西藏做生意，你爸骗了人家三万块钱，人家拿着猎枪来追，我又差一点被打死了，子弹是从我头边上飞过去的，我到现在都记得那响声，嗖嗖的。后来十个人围着我们两个，我跟他们讲道理，杀人是犯法的，把钱拿回去就算了，最多我们多还点回去。人家不干，要我陪他们睡觉，我说睡觉不可以，但是喝酒可以。他们欺负我，认定我是婆娘，不能喝，结果那晚我一个女的喝倒八个男的，那个领头的服了，下令放了我们，哈哈哈……"她越说越来劲，眉飞色舞，像讲评书，不像是在讲自己的故事。

前排的司机都忍不住插话说道："你摆龙门阵嗦！"

"信不信由你们。"她说完，闭起眼睛说，"累死我了，我要睡会儿，到了喊我。"

她真的很快就睡着了。我独自品味着她的故事，看着窗外的风景慢慢变得陌生，知道自己离家越来越远了。只是"家"对我而言，到底意味着什么呢，没有爸爸妈妈的家，还算得上是家么？

我想象着小叔回到家里暴跳如雷的样子，我想我是暂时回不了那个家了。至于奶奶，我对她而言，一直是个负担，如今没有了我这个负担，她应该感到轻松才对吧。

04

她住的小区，名叫"成都花园"。

还没到大门她就甩给司机几张一百块。司机匆匆停定车，拿起来点了点，不服气地把钱甩得啪啪响，说："说好八百撒！咋子又成六百了？"

她抓着我的手迅速下车，把车门"啪"的关上，站在外面对司机嚷："想钱想疯了你，哪个跟你说八百？收好钱快点走，这里不让停的，小心保安来拖车了！"

她就这样堂而皇之地当着我的面说谎，拉上我就大摇大摆地往小区里走去。

司机不服气地捶了一下喇叭，喇叭发出一声短促的响声，像一头垂头丧气的老黄牛，甩甩尾巴，吭哧吭哧开走了。

她看着渐渐远去的出租车，得意地对我比出一个"耶"的手势。我惊呆了。

无论如何，这里还是很漂亮的小区，房子很好，两室一厅，看样子就她一个人住。房间里还算干净，就是厨房里还有几只脏碗散落在水槽里没洗。她推开那个小点的房间的门，对我说："明天我把这里收拾一下给你住，今晚你先跟我睡。你还需要买衣服、鞋子，嗯，得买好多东西，需要什么你想起来尽管跟我说！"

我探头进去，发现那个小房间里面放的竟然全都是酒。

"我做酒生意。"她嘿嘿笑着说，"酒量太好，不干这个都对不起自己。"

我看着一屋子的酒，背对着她，轻声问："为什么到现在才来？"

"什么？"她没听明白。

我没再说第二次。

房间里很静，这里不再是雨城，没有没完没了的雨，可是我一定是有毛病了，耳边全是没完没了的雨声。不知道过了多久，她走到我身后，从后面抱住我："我都说了，我有苦衷。"

"生下女儿是可以不管的吗？"我转身，用力推开她，指着她刚小心放到茶几上的我爸的照片大声喊，"如果可以不管，为什么又要生下我，为什么当初不干脆把我杀掉算了！"

"马卓。"她被我吓到，朝着我伸长手臂，试图走近我。

我退后，坚决地说："我恨你们！"

她无语地看着我。

我面对着她，用力挽起我的裤管，露出我腿上的伤疤。那疤痕已经过去了两年，粉红色的丑陋的疤痕，我曾为它痛得夜夜难眠。

她走近，蹲下，抚摸它，问："怎么回事？"

那一年我七岁，邻家的孩子放恶狗来咬我，我吓得爬上墙头依然未能幸免，他们胆敢以捉弄我为乐趣，只因为我是一个没爸没妈的孩子。

她站起身来，用无比温柔的语气说："你一定饿了吧，我带你去吃点东西。"

我当然饿，我从早上到现在什么都没吃。可是就在这时候她的手机响了，好像是有人要请她吃饭，她大声笑着说："是不是鸿门宴啊，我要小心些噢。哈哈哈哈。"

那个电话，她从客厅讲到房间，从房间讲到阳台，讲了差不多有半小时。等她终于挂掉后，她靠在沙发边懒懒地问我："要不要跟我一块儿出去吃？有人请客。"

"不要。"我说，"我想睡觉了。"

"那我给你带点吃的回来。"她把我拉到卫生间，"来，你先洗个澡，穿我这件睡衣，睡一会儿，我回来的时候给你带衣服和吃的。"

我在喉咙里"嗯"了一声。

"对了，你应该还要上学。"她皱着眉想了一下说，"明天我去问问附近的学校，马卓，你念几年级来着？"

"三年级。"我说。

"好吧。"她拍拍我，"我们慢慢来。"

我进了卫生间，有些用不惯那个喷头，打开喷头，水就像下雨一样落出来，落在身上时我总是一个激灵，起一身的鸡皮疙瘩，水温倒是不热也不凉，舒服得很。我没有用她的沐浴露，太大的瓶子，倒起来很费劲，那个香味我也不喜欢，太香了，让我想打喷嚏。奶奶说，沐浴露不能天天用，越用身子越脏。我不敢不信。

洗完，我换上她的睡衣。那件睡衣实在有些大，几乎要从我身上全部滑落下来。桌上放着饼干和一杯奶，我胡乱吃了一些。走进她的房间，我看到了一个巨大的梳妆台，着实吃了一惊。奶奶的梳妆台上，除却一把旧得掉齿的梳子和一瓶永远也抹不完的雪花膏，什么也没有。可是，她却有这么多的瓶瓶罐罐。我只是惊奇，却一点也不想把玩。我知道，除了她，在这里我还有许多的东西需要去适应和接受，这不是一朝一夕的事。这样想着，我爬上了她的床，很快就睡着了。

醒来的时候，应该是半夜，我听到外屋有响动，不过我太累了，所以没有起身。我躺在那里，卧室的门忽然被撞开，她几乎是跌进门内的，透过清冷的月光，我看到她身上的血，吓得一下子坐直了身子。

她扑上来，捂住我的嘴，不许我尖叫。

我浑身发抖，不明白她到底是怎么了。

她捂住胳膊，轻喘着气命令我说："把床头柜打开，给我药箱子！"

我拉开床头柜，找到她想要的东西，拎出来放到床上，再替她把盖子打开。她的脸灰白灰白的，看上去一点血色都没有，咬着唇问我："你会包扎吗？"

我摇摇头。

"来，我教你，你先把云南白药拿出来，对，就那个小瓶……

再去打盆温水来，剪刀在厨房的台子上，拿过来剪纱布……"

我按她的吩咐一一地做，她手臂上方被人插了一刀，刀口看上去不算太深，但一直在流血。我声音颤抖地问："不用去医院吗？"

"我还不想死。"她答非所问。

我替她清洗了伤口，上了药，笨手笨脚地替她缠上纱布，她皱着眉，看样子痛得很厉害。她找了一颗白色的止痛药，服了，靠在床边，叹口气说："看来这是我的劫数，逃也逃不掉。"

"小叔吗？"我问她。

她轻蔑地笑了一下："你小叔，也就在雅安那小地方耍一耍，成都轮不到他演戏。"

我的天，原来她还有敌人！

"我最近得了一笔钱，总有人眼红。"她说，"马卓，你一定要记住，钱是这个世界上最有用的东西，也是这个世界上最害人的东西。所以，切勿太贪，钱够用就行！"

"多少算够用？"我问她。

她看我半天后答："你跟很多孩子不一样。"

我答："因为我是孤儿。"

"呵呵，"她笑，"马卓你知道吗，你真的很像我。"

我不知道她是夸我还是骂我。

她歪在床边，看上去有气无力，不知是不是药物的作用，她好像一秒钟就能睡过去。我替她把枕头放下来，问她说："你真的不用去医院吗？"

"我没事。"她坐直身子，"这刀是我自己扎的，我心里有数。"

我惊讶地捂住我的嘴，居然有人拿刀自己扎自己，我的天啦，而这个人不是别人，就是我多年不见的母亲！

我真疑心自己是在做梦！

"值得。"她说，"血债血还，这一关总是要过的！"

我看着她，无语，心酸，说不出的滋味交织在心头。跟着这样的妈妈，我真不敢想象，等待着我的新日子会是什么样！

_05

成都也下雨了。

但这里的雨，和雅安的是不同的。雅安的雨，就像似有似无的纱布，轻轻的，薄薄的，仿佛从来都没有声音。没有声音地开始下，没有声音地停了下来。可是成都的雨，却有着特别大的劲儿，一粒一粒结实地、啪啪地砸在玻璃上，有时，会惊天动地地响好一阵子。我从地板上爬起来，把窗帘撩起一个角，看那些大颗大颗地贴在窗户上的水珠，看映在玻璃上的我自己模糊的脸，雨让我想起一些东西，心里发慌，以至于随时可能窒息。

我想起雅安，也想起奶奶。九岁的我还不能很好地明白惦念的滋味，我只是忽然觉得不安，心一会儿跳得快一会儿跳得慢，兴许是盯着雨看得太久了，眼前竟有幻觉，是奶奶，她穿了对襟的黑色棉外套，伸手过来拉我，说："马卓，快下雨了，来我这。"

我后退了一步，用手拼命按住已经闭上的眼睛，直到觉得疼痛。

半晌，我终于回神。走到床边，在黄昏不足的光线中看她熟睡的脸。她的脸上没有任何表情，也不发出鼻息，我走近，看到她微微抖动的眼皮。哦，谢天谢地，她还活着。

我已经不记得在这个屋子里待了多久。或许三天，或许五天，或许更长。小房间还是堆满了酒没有整理，所以我只能暂时和她睡一个房间，一张床。每天只有送外卖的人来，其余时间，就是我和她两个。外卖是叫来给我吃的，她自己吃得很少，有时候叫我给她倒杯牛奶，有时候躺在那里咀嚼一两块饼干。大多数时候，她都皱着眉头，苍白着脸和唇，一声不吭地躺在那里。

我估计她一定很疼，但我不敢问她，我怕问了，她会不耐烦。瞧，我一直都是这样一个小心翼翼的孩子，小心翼翼到连自己都心疼自己。

没有妈妈的时候，我曾无数次地幻想过，如果有一天，可以和她生活在一起，该是什么样的。她会让我睡在她怀里吗？她的头发上会有好闻的香气吗？也许我会慢慢地离不开她的发香，哭着闹着每天都要和她睡在一起。她会依我，什么都依我。

在那个潮湿的小旅馆里，我忘记闻她的头发上到底有没有香气，后来，便再也没有机会了。现实击碎幻想总是不留余地，好在九岁的我并不能深谙其中的道理，反而可以不必那么痛苦。

"马卓？"她忽然睁开眼，看着我问，"你怎么了，是不是饿了？"

我摇摇头。

"我就快好起来了。"她笑着，努力支撑着身体爬起来说，

"哦，对了，你会买东西吗？到楼下超市替我买点鸡蛋上来，好不好？我有点想吃荷包蛋呢。"

我点点头。

她伸出手把床头柜上方抽屉拉开。我看到里面有厚厚一沓钱，我从来没有见过这么多的钱。她抽出一张一百块来递给我说："想吃点什么别的，自己买。下楼左拐，不到小区门口就有一家超市。门不用关了，轻轻带上就好，我懒得起来给你开门。"

她为什么把钱都放在抽屉里，而且那个抽屉没有锁？我记得，奶奶都是把这样的一百块钱放在一个锁着的小铁匣子里，藏在鞋盒中，连同鞋盒一起放在衣橱的最深处。

她很有钱，这是真的。

"好。"我答应她，站起身，捏着钱出了门。刚打开门，就看到对面家门口站着一个和我差不多大的小姑娘，她的皮肤白兮兮的，上下打量我。她一只手里拿着一根五颜六色的冰淇淋，一只手背在后面，她穿绿色的裙子绿色的凉鞋，脚上还涂着玫瑰红色的指甲油，我一点也不喜欢那颜色。

我回避了她的眼光，径自下了楼。

"喂！"她在我身后叫我，"喂，你忘了锁门了。"

我回头看着她说："不用锁，我马上就上来。"

"最近小偷很厉害。"她吞下一大口冰淇淋，口齿不清地对我说，"你是林果果的什么人，你长得跟她真像啊！"

我已经飞快跑下了楼。

我找超市用了一些时间，等超市里的人给我称鸡蛋又用了一些时间。十几分钟后，我拎着两斤鸡蛋回到了家门口，发现门已经被关上了。绿裙子手里的冰淇淋没了，但唇边还留着一大摊奶油。她背着手，站在我家门口甩甩辫子对我说："风，把门吹起来了，哈哈，我没来得及挡住。"

"哦。"我说。

"你叫什么名字？"她舔着嘴巴，问我。

"马卓。"我一边敲门一边答她。

"我叫蓝图。"她踮起脚尖往猫眼里看说，"你确定有人在家吗？林果果这个时间一般都不在家，你是不是没有钥匙，要不你到我家坐一坐。我跟林果果很熟的，她没饭吃就到我家来混吃混喝。"

我长这么大，从没见过话这么多的女孩子。老实说，让人厌烦。

我没理她，只是继续敲门。

还是没人来开。

她当然一定是在家里的，我忽然觉得好奇怪，心里的不安加重，只能手脚并用，大力捶门。

就在这时，我身后响起一个男人的声音。"怎么了？"

我回头，那是我第一次见到阿南。一个个子不高的男人，笑得很温柔，我不知道，我是不是该用温柔这个词，他左手拎着一个大大的保温桶，像是到医院去探望病人。见到他的那一刻，我忽然想起了我的老校长。一年级时，他教我们语文课。可是等我上了二年级，他却死了。我记得，有一次他给过我一粒糖。因为我考了一百分，我是全班唯一的一百分，他告诉我，那是外国糖，不容易买到。在他的送葬队伍快要经过我家门口的时候，我把那颗早就融掉的糖剥开，糖汁流了我一手，我舔着手指，才算是把那颗糖吃掉了。纸钱落在我家门前的石板路上时，我躲进了屋子里，哭了起来。

我没忍住哭，那是因为老校长对我太好，在雅安的时候，除了奶奶，只有他对我好。一想起这些，我的鼻子就酸了起来，望着他的眼光也变得怔怔的。

"没人在家吗？"他的声音把我唤回现实。

"林果果不在家，她忘了带钥匙，风把门吹起来了。这是她家的客人，进不了门了。"我依然没有说话，回答问题依然是多嘴的绿裙子，她叫什么来着，蓝图？

这真是个什么怪名字。

"你是谁？"男人俯下身问我。

"她在家。"我答非所问，"十分钟前我出门买鸡蛋的时候还在。"

"是吗？"男人皱了皱眉，上前一步敲门，好几分钟过去了，还是没有人开门。

"林果果一定是睡着了，她一睡着就像死猪一样，喊不醒的。要不，"蓝图眼睛转了转说，"你们从我家阳台上翻过去，这里是二楼，不怕的。"说完，她转身，像个将军一样地做了个上前的手势，引领着那个男人走进了她的家。

我站在门口等。

很快，门被打开了，开门的是刚才那个男人，他伸出一只手，像拢一只小鸡一样把我拢进屋子里。我挣脱开他的手，冲进卧室里。她躺在那里，面无血色，像是昏了过去。我听到那男人在外面跟蓝图说："没事了，你先回你家。"

大门关上了。

我紧张地看着躺在那里的她，觉得双脚无力站都站不稳。此时此刻，我想的问题只有一个：如果她有事，我该如何活下去。男人很快走进房间，走到她身边，看了看她手臂上的伤，摸了摸她的额头，对我说："我得送她去医院。"

"好。"我说。

"你是谁？"他第二次问我。

"马卓。"我答。

他努力要背起她来，我走过去，把她褪到脚踝的短丝袜穿好。可是他刚把她放到他的背上，她却忽然醒了，睁开眼睛，虚弱地喊了一声："我要喝水。"就又从他的背上倒到了床上去。

我奔到厨房里去给她倒水。几天下来，我已经会用饮水机，但因为热水键没开，过了好半天我才搞定一杯温水，再冲回她房间的时候她已经半躺在那个男人的怀里，我听到她在跟他说："阿南，这是我的女儿，是她漂亮还是我漂亮？"

她居然还有心情问这样的问题。

那个叫阿南的男人认真地看了我一下，然后认真地回答她说："都漂亮。"然后，他接过我的水杯，专心地、慢慢地去喂她。

一口水喝下去，她好像一下子又恢复了体力，脸色好多了。

"我女儿。"她伸出一根手指来放到唇边，"阿南，不要告诉任何人哦。"

我退了出去。

她肯告诉他真相，她居然肯。那么，这个阿南到底是谁呢？

忽然，我又想起她说的荷包蛋。我想我应该给她做荷包蛋吃。我努力回忆奶奶做的步骤，应该很简单，只需要一点水，一点糖而已。我再次来到厨房，把厨房里的柜子打开，里面却忽然爬出一个黑色的大蜘蛛。我吓得不轻，蹲在地上大口喘气。

我并不是一个胆小的女孩，只是陌生的环境让我失去一些平时该有的勇气。

我无力地跪在那里，外面的雨声越来越大，压得我快喘不过气来。我走到窗口，把窗户大力拉开，让雨点统统落在我的脸上。我闭着眼睛，享受着清凉的雨水，就像有一双手，在替我细细洗脸一般。

我觉得我需要清醒一下。

虽然我不知道什么才是清醒，但我却知道，再这样下去我就要哭了。我可不能让自己哭，绝对不能。

我让自己冷静了好一会儿，雨点打湿了我的头发和脖子，我用厨房里一张不知道是干什么用的干毛巾擦干净了它们。然后，我开了火，做了两碗没有放糖的荷包蛋，每个碗里有三个稀里糊涂的蛋。不是不愿意放糖，而是我找遍了厨房，也不知道糖放在哪里，或许她自己从来都不做饭，真的像蓝图说的那样，想吃的时候就到别人家混吃混喝。

　　我端着两个碗出去的时候，发现她卧室的门已经关了起来，我看着紧闭的门，不知道该不该端进去。犹豫了一会儿，我坐到客厅里的桌子上，把碗放下，自己先大口大口地吃起来。

　　我想我是饿了，我把一碗荷包蛋吃了个精光。就在这时，屋内传来"嘭"的一声闷响，好像是她摔碎了什么东西。门很快被打开了，那个叫阿南的男人低着头走出来，他走到卫生间里，拿了一个拖把，又走进了她的卧室里。我端着碗怀着好奇的心跟着走过去，发现地上碎掉的是一个酒瓶。

　　酒的气味溢满了整个屋子。阿南把拖把靠在墙上，蹲下身子，缓慢地把那些透明的玻璃碎片捡起来，轻轻放在一个塑料袋里。

　　我看清他额头上有一块褐色的部分，褐色黏稠的血液从里面流出来，流到他的鼻子上，嘴巴上，快要滴下来，可他就像什么事也没发生似的，擦都不擦一下，甚至眼睛都不眨一下。我突然有种奇怪的感觉，全身颤抖，仿佛自己的额头也破了一个洞似的，疼痛难忍地闭上了双眼。手一松，手里的碗跌落在地上。

　　他机敏地站起来，一边说"小心"，一边跨着步子走过来，从我身后一把抱住我，把我举得高高的。

　　我第一次被人举得这么高，心一下子拎了起来。他迅速把我放在另一处干净的地板上，转身继续对付起地上的脏东西。

　　他用手背漫不经心地擦了一下自己的脸，对床上用被子捂住脸的她说："不吃东西不要紧，但酒一定不能喝。"

　　"让我喝！"她把头从被子里伸出来，很凶地喊，"你管我个屁！"

"我做了鸡汤来，还有你喜欢喝的绿豆粥。"男人不屈不挠地说，"你和马卓都可以喝一点。"

她没再理他，又飞快地用被子把头蒙了起来。

那晚我美美地喝了好几碗鸡汤。小时候生病，奶奶总是熬鸡汤给我喝，我以为全天下只有奶奶会熬美味的鸡汤，没想到还有人比她的厨艺更好。他把保温桶里最后一碗鸡汤倒给我的时候对我说："马卓，你可以叫我阿南。"

我点了点头。

"她不肯上医院，我得找个人到家里来给她看看。"

"谢谢。"我说。

他轻轻叹了一口气，手伸出来，像是想要抚摸一下我的脸，却又忽然停在空气里，最终慢慢地收了回去。

我的心却因为这个未完成的动作得到了前所未有的安全感。

_ 06

半个月后，我成了红星小学三年级的一名小学生。这一切，都多亏她和阿南的打点。我想她一定花了很多钱，这让我心里确确实实有些不好受。

阿南找了医生来家里替她看伤，据说是用了什么特效药，她的身体慢慢康复了。上课前的那个晚上，她给我买了一大包东西。除了书包和铅笔盒，还有三件新衣服。红黄绿，非常鲜艳的颜色，全部都是连衣裙。我在雅安的时候，从来没有过一条连衣裙。当我看到那些裙子的时候，竟然有种做梦般的感觉，以至于微微脸红。可她偏要我一件一件换给她看。她点着一根香烟，坐在床头，看着我，由衷地说："马卓你真幸福。我小时候穿得像捡破烂的，长大后，衣服都是偷家里的钱买的。噢，从来都没正大光明地当过仙女哦。"

我看着她不说话。她忽然神经质地灭掉烟，扶着我的肩膀，用她大大的眼睛死死盯着我，说："马卓，你可不要偷钱。你要多少我给你多少，但是千万不要偷，明白？"

"我没偷过钱。"我轻轻地甩开她。

"你偷过我十块，我记得！"她重重地拍了我一下，笑得无比夸张，让我担心她那刚刚愈合的伤口会不会又裂开。我在心里暗暗地想，她为什么要跟我说这些，难道她偷过很多钱吗？

不过我知道她是喜欢钱的。我曾见过她数钱，她抽屉里的钱，她好像每天都要来来回回地数上好几次。我不知道她到底有多少钱，但钱对她而言，应该是至关重要的。她的酒生意好像做得不错，每天都有很多电话，要对付很多的客户。那天晚上，阿南帮着她把那间原来放酒的小房间整出来给我住。那些酒太多了，阳台上堆不下，我听见阿南对她说："要不放我家超市去吧。"

她板着脸说："上次的款还没结清呢。"

"我不是那意思。"阿南急忙解释，"再说月底一定清，什么时候欠过你的钱呢？"

她歪着嘴笑了笑，不再说话。

我真弄不懂，阿南对她那么好，她为什么还要这样斤斤计较。阿南额头上的纱布刚刚揭下来不久，疤痕还很明显，毕竟是她砸的人家，她却从来没过问过一句。我曾见过阿南帮她送货，他开着一辆平板货车，把一箱箱酒装好，一趟趟来回，不厌其烦，而她从没付过人家一分钱。

那晚，我独自睡在小房间里，房间里酒味弥漫，我无法入睡，于是坐起来，把窗帘拉开，抱着腿看着窗外的黑夜。我想奶奶，真的很想，可是，我知道，那个家，我是永远都回不去了。

"你怎么还不睡？"她推门进来，扭开了灯。我看到她化了漂亮的妆，穿了漂亮的裙子和高跟鞋，一定是又要出门了。

她对我说："你早点睡，明天一早阿南会来送你去学校，不要迟到了。"

"你去哪里？"我问她。

"出去。"她说。

"阿南也去吗？"

"你都想些什么啊？"她走进来，拍拍我的头，笑嘻嘻地说，"大人的事小孩莫管。"

我闻到她身上的香水味，香得我头晕脑胀。她如此光彩照人，打着工作的幌子寻欢作乐，真不知道她心里究竟在想些什么。

第二天一早，我穿着我的新裙子上学，阿南骑着他的摩托车早早就来到我家。他还给我买来了早点，两个大包子，一杯豆浆。我飞速地吃掉了它们，跟他说谢谢。他满意地看着我说："明天买牛奶，喝牛奶个子长得高。"

我看着他关怀的表情，恨林果果的无情。

在那之后一天的体育课，我一个人在角落里跳绳。蓝图的班级也在上体育课，她又买了一根冰淇淋，而且是和上次一样的口味，她不知疲倦地舔着，踱到我身边，拖着长音跟我说："喂——上回我帮你进家门，你还没谢谢我呢。"

"谢谢。"我停下跳绳，轻轻地对她说。她心满意足地点点头，舔着冰淇淋，一蹦一跳地走了。我继续跳，她刚刚走远，又转身跑过来，打量着我的新衣服，羡慕地说："'好孩子'的耶，看来林果果一点也不穷。"

我茫然地看着她。

我不知道什么是"好孩子"。那时候的我，根本不知道这个世界上有"名牌"这一说，但是有一点我清楚得很，她本来就不穷。也许，她只是不知道该怎么做个好妈妈。就像她从不懂得照顾我，常常忘掉我有没有吃饭或者寂不寂寞，她的生活总是和旁人不一样，白天的时候在家睡觉，晚上出去，然后到天亮的时候才回来，继续睡觉。

管我的人，只有阿南。

阿南常送些好吃的来，但他当然不会天天来，我已经学会用微波炉自己解决晚饭，独自做功课，独自上床睡觉，独自上学放学。

学校里一切都好。虽然我的成绩很落后，可这里的同学们却很和气，并不小瞧我。有一天老师抽我起来读课文，我有些不敢开口，声音越来越小，他们并不嘲笑，而是齐声诵读，帮我渡过尴尬之时。比起我原有的那些只会叫我"马蜂窝"的同学来，我内心是相当满足的。

所以，我下定决心要做个好学生。

蓝图在我隔壁班。放学的时候，她总喜欢跟上来和我一起走。她的话还是那么多。"听说林果果是你小姨，可是你为什么不跟你爸爸妈妈住在一起呢？我觉得孩子还是跟爸爸妈妈住在一起比较幸福哦。当然成都比雅安要好许多，你可以让你爸爸妈妈来成都打工嘛，这里打工的机会还是很多的，我妈可以帮忙介绍的啊……"

我很希望天上能飞下来一张封条，把她那张喋喋不休的嘴封个严严实实。其实，我也不是真的不想和蓝图做好朋友，但是我又觉得，她来找我说话纯粹是因为她觉得自己很无聊，所以需要和我做好朋友。虽然我不太理解无聊这个词的意思，但是我想，那应该就是一种想找人说说话的感觉。

那么，我为什么要陪她说说话呢？况且，她从来不管林果果叫阿姨，她一点礼貌也不懂，我没法跟她做朋友。

就在这时，前面响起喇叭声，是阿南，只要有空，他都会来接我。我欣喜，快步上前，蓝图却一把拉住我，在我耳边嘻嘻笑着说："这个男的是想当你的姨父哦。"

如果……其实……我当然是愿意的。

阿南真的是个好人，我相信这个世界上有很多的好人，但是我现在遇到的却只有阿南一个。所以我很替阿南委屈，我真心希望林果果可以对阿南好一点，但不知为何，她的脾气却越发暴躁，最倒霉的，当然还是我和阿南。

这一天，也不是什么特殊的日子，也许是想让她心情好一些，阿南邀请我和她下馆子。她点了一大堆菜，吃起东西来风卷残云，并抽空叹着气，看来确实是遇到了烦心事。阿南心疼地看了看她，然后替我夹了一块鱼，对我说："马卓你要多吃点，你太瘦了。"

"是啊，多吃点。"她用筷子敲了敲碗边，"不然人家以为我虐待你呢。"

我低着头吃鱼，她忽然问我："在学校怎么样？"

"还行吧。"我说。

"什么叫还行吧？"她问我，"你知不知道，让你上那个学校花了老娘多少钱动了多少脑筋，你是黑户口，压根没资格上学的。"

周围有人微微侧头看她。我红着脸不知道该说什么。

"给她点时间。"阿南替我说话，"我看马卓还需要适应一下环境。"

"哈哈。"她突然笑起来，然后用一种很轻蔑的语气说道，"不过，我才不指望她成绩有多好，我跟他爸都不是读书的料，凑合着读吧，将来嫁个有钱人就行。女人不嫁个有钱的，迟早累死饿死，要不就是活活气死！"

我不由自主地看了看阿南。他没有看我，只是端起酒杯一饮而尽。

我起身，走到饭店外面去。

我到底没忍住，哭了起来，其实我已经很久不哭了，但哭起来，我的眼泪就连续不断，连我自己都莫名其妙。我也说不清楚自己到底是为什么伤心，是为可怜的自己，可恶的她，还是可悲的阿南？

没过一会儿，她就追了出来，问我："怎么了，耍啥子脾气呢？"

我没应她，也不擦眼泪，只顾一抽一抽的样子。

"别跟老娘来这套，老娘心情本来就不好，你少惹我。"

好，惹不起躲得起。我继续往前走，一直走到马路边上。她的声音一直追过来。"马卓，你给我死回来，不然永远都不要再见我！"

我不顾一切地跑起来，我对成都一无所知，除了学校和成都花园，几乎哪里都不认识。我能去哪呢？但是我知道我没有选择，除了跑还是跑。

她没有来追我。我的心忽然变得像一团死灰。我找到一家公用电话亭，电话亭的牌子上写着一行字：长途三毛钱一分钟。我摸了摸口袋里唯一的一块钱硬币，拨通了雅安家里的电话，我希望可以听到奶奶的声音，希望她会跟我说："马卓，你在哪里，我来接你回家。"

可是接电话的人却是小叔。他粗声粗气地问："找哪个？！"

我就说不出一个字了。

我匆匆地挂了电话。

哦，奶奶，奶奶，我是真的回不去了吗？如果我忽然跑回去，你还会不会要我呢？

那天晚上，阿南在长途汽车站找到了我。他把我摇醒，对我说："马卓，我找了你半天，以后都不要乱跑了，听到没有？"

我睁开眼，这才发现自己睡在地上，我的眼泪又猝不及防地流了下来，于是我死命埋着头，不让阿南发现。至少在雅安的时候，我还能有一个栖身之地，可现在——天大地大，哪里才是我的家？我为什么要跟着她来，我是不是真的疯了？

我推开阿南就往外跑，他快步赶上来抓住我。

我张开嘴，狠狠咬他的手，他忍受着剧痛没有松开。我不知道自己咬了多久才放开，等我看到他手上重重的伤痕的时候，我禁不住呜呜地哭了起来。

"没事了，没事了。"他拍着我的背说，"叔叔带你回家。"

那晚，阿南把我带回了他的家，他开摩托车，我坐在后面，趴在他背上，紧紧抓住他的衣角，只因为害怕摔下去。他把体温传递给我，却一路无言。

我到了他家，才知道他嘴里所谓的"超市"只是一间很小的杂货铺，楼下开店，楼上住人。他把他的房间让给了我，自己抱着被子去了楼下。而林果果却一直不曾出现。直到后来我才知道她做错了一笔生意，被人骗走了三万元。那天她一直把自己关在家里喝酒，一边喝一边唱歌，就这样一直到天亮。

我在阿南家住了两天，一直不愿意回去。直到阿南劝我说："别生她气了，她也很想你。"

"你的额头好些了吗？"我一点也不信，甚至学会了转移话题。

"好些了。"他自己伸手摸一摸，认真地说，"现在一点也不疼。"

我对他笑了。来到成都以后，我变得很少笑了，在雅安的时候，虽然有种种不快，但我毕竟是孩子，还是爱唱爱笑的。可是现在，无论是在学校里，还是家里，我更多的表情是沉默。我也不知道这是为什么。在成都遇到的所有陌生人里，我唯一喜欢的就是阿南了。他话不多，可是一点也不把我当小孩，不像我妈，总是看轻我，要么就认为我和她一样，她根本不懂怎样当一个妈妈。

但无论如何，我已经懂事，我和阿南非亲非故，待在他家里不是长久之计，我很乖地自己提出让阿南送我回去。

可是阿南把他的摩托车停在我家小区门口，又把我从车上抱下来的时候，我忽然又想爬上他的摩托车，跟他回家。现在想起来，我对阿南的依恋，也许是从这一刻开始的。又也许，是从他那个意犹未尽的动作开始，是从他把我高高举起那一刻开始。

我多么希望，他会是我爸爸啊。

到了家门口，我不自觉地退了一步，我很害怕见她，我也不知道为什么。蓝图听到声音就打开门溜了出来，她很神秘地对我说："林果果疯了，马卓，我看你还是赶紧回到你爸爸妈妈身边安全些哦。"

"去，回你自己家去！"阿南把她赶回家，回身替我敲门。她很快地开了门，但一眼都没有看我，就转过身去。

我走进这个对我而言还算陌生的家里，发现一切都没变。酒味依旧弥漫，她的床头柜上依然堆满了各种乱七八糟的东西，我的新裙子看上去是洗过了，但是叠得歪七歪八的，并且，她把它们放在地上，而不是收进橱里。

原来妈妈是可以连衣服都不会叠的。

阿南一进门就开始找扫帚扫地，这简直成了他每次来这里的必修课。

她一言不发地回到自己的房间里去，把门轻轻关上。

阿南对我努努嘴，示意我去看看她。

我两只手一起努力，才拧开她的房门。她坐在地上，就像在雅安的时候，我们班那个娇气的班长没有考到一百分时的样子，赌气地撕着试卷，一边撕，一边无比委屈地哭泣，不同的是，她撕的是我的新衣服。

我不觉得内疚，真的，一点也不。我只是觉得可怜，可怜她也可怜我自己。我走过去，跪下身子，把衣服从她的手里夺下来。她对我大嚷："走啊，你走啊走啊，你们永远都不要回来！走！走！"

可是，忽然她又一下子紧紧抱住我，哭得一声比一声厉害。

仿佛是一种神奇的预感，我觉得自己就要失去她，她会永远消失，像我儿时那样毅然决然地消失于我的身边，像蒲公英一样被风一吹，就散落到天涯，我再也不知道她何时会回来。我们母女，没有相依为命的那种命。

想到这个，我也不由自主地抱紧她，哭了。

_07

我们终于过了一阵安稳的日子。记忆里，那是我和她在一起时最快乐的日子。她好像不再做酒生意了，阳台上的酒慢慢地被搬空，她也不再早出晚归，偶尔还帮我做作业或是陪我写作文。有时候她管不住自己，在我面前说粗话，说完了，就迅速捂上她自己的嘴，转转眼珠，神情和孩童无异。

阿南还是常常来。周末的时候，他总会拎一大堆吃的来，做满满一桌菜给我们吃。吃完以后，他又忙不迭地抹桌子洗碗，一边忙还一边哼着歌。

"要死，你的店一到周末就关门大吉，怎么赚钱娶老婆？"每次他来，林果果都要这么说一句，不咸不淡，阿南却权当作没听到。

林果果有时也会帮他下厨，只不过她的厨艺连她自己都不欣赏，每次都是她自己做，自己吃第一口，自己第一个把它倒掉。

"呸，"她总是皱着眉吐掉她刚吃进嘴里的东西，说，"看来我除了数钱还真是干什么都不行啊。"

她为自己无聊的笑话一个人笑得咯咯作响，阿南也笑，但是我知道，他是为她的好心情而高兴。她能有个好心情真是不容易，大家都很珍惜。

有一天吃完饭，她下楼去超市买东西了。阿南正在擦拭她带回来的爸爸的遗像。

我坐到沙发上，情不自禁地问他："阿南叔，你会不会向她求婚？"

他转过头来，用一种温柔的眼神看着我，说："马卓，你为什么不叫她妈妈？"

我低头。我一直记得从雅安来成都的出租车上她告诉我的规矩，其实，是她不许我叫，所以，我也就养成了习惯。

阿南探头看我，忽然问："我们要是一家，会不会很好？"

我用力地点点头。

"好吧。"阿南微笑着，把爸爸的遗像放好，昂起头说，"我会努力的。"

"努什么力呢？"我不解地问。

阿南只是笑，没有回答我。停了几秒，他忽然问我："马卓，你喜欢成都不？"

"还好。"我说。

"我的老家，在一个很美的地方，江南的一个小镇。"阿南说，"你妈妈兴许会同意跟我去那里，你会不会愿意呢？"

我用力地点点头。

跟着他们，到哪里我都是愿意的。

她就在这时候拎着东西进门，大声地说："你们俩神神秘秘地说啥呢，是不是在讲我的坏话？"

"岂敢。"阿南赶紧上去接过她手里的东西。她撒娇般地对他笑，脸上光彩照人，然后她弯腰，从袋子里掏出一盒包装精美的巧克力甩给我说："给你，马卓！"

我接住空中高高落下的巧克力，我第一次真切地体会到，世上真有"幸福"这个美好温暖的词汇。

我很珍惜这样的生活，学习上也异常地努力，那个学期的期末考试，我语文考了九十五，数学居然考到了一百。

拿到成绩单那天，她开心坏了，一个人喝了大半瓶酒，像发誓一样地对我说："马同学，我要赚很多的钱，把你送到国外去读书！"

我很想跟她说，我不想去国外读书，我也不希望她很辛苦，其实只要我们母女能天天待在一起，比什么都要好。但她完全沉浸在自己的臆想里，她给阿南打电话，报告我的成绩，然后让阿南在暑假里替我物色个英语家教，音调高昂，眉飞色舞。

就在这时，隔壁传来嗷嗷的叫声。蓝图好像考得很不好，被她妈妈打了。她挂了电话，拿了一瓶指甲油慢慢地涂，一面涂指甲油一面对我说："别理那家人，一家子神经病！"

我也确实不喜欢蓝图，因此整个暑假，我宁愿一个人待在家里，多次拒绝了她邀请我去她家玩或是一起出去玩的要求。为此蓝图非常不高兴，那天我去超市买盐，回来的时候她正在楼下和几个孩子玩沙包，我看了看他们，谁也没有理我的意思，于是我就低着头，自顾自地往前走。刚走远一点，就听到她在我身后说："不知道成天得意个啥。"

我没理她，沙包却从身后砸过来，一直砸到我后脑勺上。她用了很大的力气，砸得我眼前金星一冒，差点晕过去。

好半天，我才转身，把沙包捡起来，走到她身边。

她背着手，眼神闪烁地看着我的脸。我扬起脸，也背着手，把沙包藏在身后，冷冷地看着她。

我猜我的样子一定让她有些害怕，她把手一把伸到我的背后，把我手里的沙包抢了过去，故作镇定地对那些小孩说："现在轮到谁了？"

我只希望这样的事情不要再发生，不然，我一定饶不了她。

但我万万没想到的是，那天晚上，林果果在厨房里炒鸡蛋，我在客厅里看电视的时候，门铃忽然响了，我把门打开，发现站在门外的是蓝图和她妈妈。蓝图的额头上有个很大的包，肿得发亮，看上去蛮吓人的。

"你为什么要用石头砸我家蓝图？"蓝图的妈妈尖声尖气地质问我，"有你这样没家教的小孩吗？"

"不关我的事。"我说。

蓝图她妈愣了一下，冲着我喊："想抵赖？蓝图，你说，是不是她砸的？"

该死的撒谎者蓝图一句话也不说，只是用那双泪汪汪的大眼睛委屈地看着我。

林果果拿了锅铲从厨房里跑出来，明白了究竟后，竟把门砰地一下带了起来，往后拉了我一把说："别理她们，看你的电视。"

"真不是我干的。"我说。

她微笑，在我耳边轻声说："我倒真希望是你干的。"

门铃疯狂地响了起来。

"别理！"她吩咐我，并把电视声音替我调到了最大。

蓝图的妈狠狠地踹了我家门好几脚，又破口大骂了几句，终于悻悻离去。

晚上吃过晚饭，我在阳台上收衣服的时候看到蓝图，她趴在她家的阳台上，头上的包好像消了一些。她看了我一眼，眼神里的感觉很奇怪，说不出是愤恨还是内疚。

我走到阳台的边缘，靠她最近的地方，问她："你为什么要撒谎？"

看得出她很怕我，眼神躲闪，头因为恼羞成怒而发抖，终于，她嘴里冒出一句极为恶毒的话："林果果是个妓女。"

她说得很轻，但我听得却异常清楚。

"别以为大家不知道你是个私生女。"说完这句话，她摇着身子，走进了她家的房间。

我以为别人说什么，我都可以不在乎。但其实我知道，我心里是在乎的。那些天在学校里，我总是低着头上学放学，我总担心蓝图会在学校里散播一些什么东西，我不管做什么，都觉得她不怀好意的目光时刻追随着我，这让我很不安。

那天阿南来接我放学，我问他："我们什么时候搬家？"

"什么？"他有些不明白。

"就是你说的那个小镇？"

阿南有些担心地看着我说："怎么了？在学校遇到不高兴的事了，还是你妈妈跟你说什么了？"

我摇了摇头。

"快了。"阿南好像自言自语地说。

我没听懂"快了"这两个字具体的意思，却也没有再追问下去。

_08

那一天晚上，家里来了一个古怪的电话。我已经在我房间里睡着了，却被客厅里传来的声音惊醒。

"浑蛋！"她大声骂着粗话，"你还不是盼着他早死，多拿点遗产！跟老娘要钱，有本事你把成都炸平！"

炸平？难道他们要用炸药吗？出什么事了？

我下了床，偷偷把门拉开一条缝往外看，发现她已经挂了电话，正大口大口地喘气，拿起旁边的玻璃杯子，里面不知是水还是酒，被她一饮而尽。

电话这时又骤然响了起来，只响了两声，就停掉了。她把杯子砸在桌上，愤怒地把电话线扯断了。

我的心里虽然忐忑，但也不是很在意。毕竟来成都也已经有好几个月了，对她的脾气，我也了解了七分。这样的时候，只要由着她发火就对了，兴许明天她就会好。

想到这里，我悄悄地把门合上，耳朵贴在门边，听她的动静。

她没睡，好像在客厅里走来走去，没过一会儿，我听到她给阿南打电话，她用很难得的严肃的语气说："你说的那个地方，你的老家，我们什么时候去看一看。"

我微笑。

不管什么原因促使她做了这样的决定，我相信，阿南一定很开心。

第二天，是周末，她起得出奇得早。或许，她是一夜都没睡吧，我朦朦胧胧睁开眼时，发现她正俯身微笑地看着我。

"我去买早点，我突然很想吃小笼包。"她摸了一下我的额头说，"你再睡一会儿，我马上就回来。"说完，她转身走出了我的房间。

我看了一眼她的背影：她的头发被盘成了一个非常好看的形状，换了一身干净的新衣裳，和蓝图的胖子妈妈比起来，她简直就是个仙女。

"喂！"我喊她。

"有事吗？"她回头，并责骂我说，"别成天喂啊喂的，我是你老娘。"

我摇了摇头。其实我本来很想跟她说话，我想叫她不要走太远，想让她早一点回来，我想跟她说钱啊钱的其实真的无所谓，告诉她我很愿意跟她和阿南去江南的小镇。可是，每当她一看着我，问我"什么事"的时候，我就突然什么也说不出口，真郁闷。

她替我带上门走了。

也许是当时还太早，我很快就又睡着，沉入了一个很凝重的梦里。我好像梦见了爸爸，也梦见了奶奶，他们站在一个高高的山头上，我大声喊他们的名字，可是他们却不理我，他们在山头上转过身，往更远的，我看不见的地方走过去。

我仍然不顾一切地喊，直到自己也听不见自己的声音。

不知道过了多久，我才醒过来。我全身乏力，浑身都是汗。

我从床上爬下来，把空调打开。我看了看墙上的钟，已经十点了，她还没有回来。我去盥洗室用冷水冲了冲脸，走到阳台上，往下看。阳光刺眼，到处都明晃晃的，小区的大道上一片空旷。我在阳台上待了好一会儿，闻到蓝图家厨房里传出来的糖醋鱼的香味，忽然觉得自己也饿了。

但是，她到底去哪了呢？

我突然想到门口去看一看。我拉开房间的门，走了出去，头顶上却摇摇晃晃地飘落下来一张纸。

我捡起来一看，上面骇然地写着：淫妇还钱！

那时我还不认识"淫"那个字，更不知道其中的意思，但我知道，这样的话绝对不是好话。我把那张纸揉成了一团。

我走到门外，反望着家门，我的天，那上面贴满了这样的标语：触目惊心的红色大字"还钱"，被写在黄色的纸上，贴得到处都是。"喀嚓"——我身后的门被打开了，一双大大的眼睛偷偷地望着我，是蓝图。

我决绝地回转头，身后却响起蓝图的声音。"林果果是个妓女！"

"咯吱"，门又一次被关上，我真想把她家的屋门撞开，把她摁在地上狠狠打一顿，让她的头上肿起十个二十个大包！

我蹦起来，努力把那些纸从墙上揭下来踩在脚底下。我又从家里搬出凳子，把粘在门框顶端的那些字条一张一张撕掉。我撕得满头大汗，最后，我把所有这些东西带回屋里，扔进了一个大搪瓷脸盆中，我打开了煤气灶，点燃了所有的纸。

我一边烧，一边哭，我又想起了奶奶。

那时的我，不知背叛的真意，却真切地感受到了背叛带给我的耻辱感。就是在我九岁那年的夏天，我离开了我的奶奶、叔叔，来追寻一个不能带给我一点安全感的妈妈。我不知道从此以后的路到底该如何走下去，我总觉得成都不是我的家，难道我要天涯海角去流浪，像一个孤儿那样？

"孤儿"这个词从我的脑海里蹦出来，把我自己也吓了一跳。虽然，我从来都不害怕被称为"孤儿"，甚至自己对这个词也开始逐渐麻木。可是现在，我真的不希望我是孤儿。不，我怎么会是孤儿？至少我还有她。虽然她并不是一个很合格的妈妈，但我是真真切切地从她肚子里爬出来的，我们是母女，谁也改变不了这一切。

想到这里，我擦擦泪水，举起那盆灰烬，想把它们从打开的窗口倒下去，却听到门口传来急促的敲门声。

我奔过去开门，门外却不是她，而是阿南。

他手上捏着一张薄薄的黄色纸张，是我刚才漏拣的，焦急地问我："马卓，你妈妈呢？"

"不知道。"我说，"她一大早就出去了，到现在都没有回来。"

"糟了。"阿南面色沉重。

"怎么了?"我紧张地拉住阿南的手,"她怎么了?"

"你在家等我,哪儿也不许去。"说完这句话,阿南就消失在门口。我听到他那辆小摩托车在楼下轰然发动的声音,心里忽然变得一片空白。

我当时心里只有唯一的念头——我不要她有事,不要。

但她终于还是出事了,她一直都没有回来。

阿南报了警。

差不多整整三天,没有关于她的任何消息。

这三天,我和阿南一起度过。没有人照顾我,阿南也不能丢下店不管,于是我把爸爸的遗像从她的房子里抱出来,坐着阿南的摩托,跟着他回了家。

我走的时候,蓝图站在门口看着我。她妈妈过来拉她,她也不走,她固执地抓着防盗门的栏杆,死死盯着我看,好像要说什么,又好像什么也不想说。

最终她被她妈妈揪着辫子拉回了屋子,屋子里传来很大的哭声的同时,她家的大门"轰"的一声关上了。

我没有想到,这一次离开这个家,我就再也没回来过。

那晚在阿南家,我一直睡不着。我总感觉爸爸的眼睛一直在黑暗处盯着我看。我飞快地下床,走到桌子旁,把那张照片反扣在桌上,心还是咚咚跳个不停。

我蹑手蹑脚地下了楼,手上拿着一个水杯,却并不是真的去倒水。我从窗户里看到楼下还亮着灯，灯光撒在外面的地上。我想跟阿南说说话，或者，看看他在做什么，仅此而已。

我悄悄地拧开唯一的小隔间的门。他正低着头翻看一本相册，他看得很仔细很努力，我清楚地看到，那上面全是林果果。

我刚想逃走，他却喊住了我。

"马卓。"

我退后几步，在门边露出半个脸看他。

"你进来。"他招手，我情不自禁地走了进去。

他把那个好旧好旧看上去被翻过无数次的相册送到我手上。我接过它，翻了一页，又翻了一页。直到今天我才知道，原来，林果果去了那么多的地方，有海，有沙滩，有竹楼，有雪山。她变换着不同的发型，脸上却带着同样的笑容。我看呆了，第一次，我对她的人生有些微微的羡慕。

我的手从那些照片上滑过，又翻过一页，却赫然看到另一张照片——她被一个很老的大鼻子的男人搂在怀里，笑得和她那晚出门去赴"鸿门宴"时一样妖媚。

我想起了传说中的"香港人"。

是……他吗？

我抬头，用眼神询问阿南，他却说："这是你妈妈最爱的那个。为了他，你妈妈付出了许多。"

"那你呢？"我问。

他想了一下答我说："我是最爱你妈妈的那个。"

我看着他坚定的眼神，只觉得有些不敢说话。他多么强大，直到许多年以后我才知道，只有心中有爱的人，才可以那么强大。那一刻，我只是被他的眼神感动了。

我好想快些找到林果果，我要质问她，为什么不嫁给阿南？为什么呢？

可是第二天，林果果还是没有回来。

三天后，他们在郊外一个废弃的平房里找到了她。

当我再看到她的时候，我根本无法相信自己的眼睛。

她的整个脸都是紫色的，其中的半张脸全部擦伤了，渗出铁锈般颜色的鲜血；她蜷曲着身子躺在那里；她只穿了一只鞋，另一只鞋没了影踪；她的内衣肩带从开得过大的领口里露出来，头发散作一团；她的眼睛是睁着的，表情却呆滞而僵硬。

地上有一大摊的血。

她死了。

她的尸体暴露在强烈的阳光下，其实早就冰冷了，只有那露出的脚趾上的前几天刚刚涂上去的红色甲油，还有一丝微弱的生机。

阿南走到她的尸体旁，他伸出手，把她露出的那截肩带塞进了她的衣服里，同时用颤抖的手替她合上了眼睛。他无声地呜咽着，我走过去，跪在尸体的旁边，这才看到她手中的小笼包。她没有骗我，她真的是去买小笼包了，可是，她为什么会死呢？是谁把她骗到这荒郊野外，再向她下了毒手呢？

我爬向她的头部，把头埋进她的头发里使劲嗅了嗅，是香的，真的是。

我放声大哭。

阿南拼命地拖我起来，我再度扑向她，抱着她不愿意放手。我想起她对我的最后的微笑，我真该从梦里挣扎出来，喊她一声"妈妈"，不是吗？现在，她是永远不会听到了。

我该如何是好？

关于她的死，是一个永远的谜，之后我听说过很多的版本，情杀，仇杀，甚至自杀。但我对任何一个都不相信也都不感兴趣。我只是永远无法忘记那一天的她，那张既不安详也不体面的死去的脸颊，是那样的寒酸而丑陋，就好比，她走过的路，和她的人生。

她就是这样卑贱地、无声无息地、莫名其妙地死去了。她作为一个母亲，出入我的生命，不过短短一瞬，但我知道，我一辈子都不会忘掉她，也不可能忘掉。

而我注定是那个没爸没妈的孩子，唱着永不休止的离歌，在这个世界孤苦无依地飘荡。

09

处理完她的丧事，阿南送我回老家。

跟随我们一起回家的，还有我爸爸的遗像。阿南把它装在一个纸盒子里，很慎重地提着。另一只手，则提满了他给奶奶带的礼物。

我总觉得让他这样提着爸爸的遗像不太好，可是究竟哪里不好，我也说不上来。我们上了车，阿南问我："马卓，你想奶奶吗？"

我不说话，只是盯着汽车车窗上的玻璃看，雨点像一颗颗泪珠一样从我心底里滑过。我又一次茫然，我不知道究竟什么是对，什么是错，什么是想念，什么是讨厌。

我也什么都不想知道。

车子开得比我想象中快出许多，我们很快就到达了雅安的长途汽车站。出站后，发现这里飘着一如既往的小雨。整个城市在一如既往的小雨里，变得无比潮湿和朦胧。

我又回来了。

就像一切都没有发生过。

但是我知道，一切都已经发生了，无论我如何努力，都无法回到从前。

出租车停在家门口，我和阿南下了车，一步三捱地走到家门口，我却不敢上前。阿南两手都提着东西，只能朝我努努嘴说："是在前面吗？"我鼓足勇气，伸手推开那个红色的大门，却没看到总是坐在堂屋门口剥豆角的奶奶。

"谁呀！"是小叔的声音，他手拿着一个空碗出现在堂屋门口，看到我，不可置信地说，"马卓？"

我下意识地后退了一步。

阿南在我身边抵住了我，他把爸爸的照片递到我手里面，再将礼物放到院子里的地上，笑着对小叔说："我把马卓给你们送回来。"

"林果果真的死了？"小叔说，"钱呢？"

阿南从内衣口袋里掏出一个厚厚的布口袋，递到小叔手里，那里面是她留下来的所有的钱，两万七千元的现金。

她的房子是租的，租期没到，押金没能退回来一分。

小叔一把夺过钱，埋头数了起来。

阿南带着我在堂屋里坐下。我又回到了这个处处阴暗潮湿的家里，很奇怪的，我却对屋里经年不散的霉味感到贪恋。我不停地深呼吸，我终于发现我还是想念这个地方的，就像想念幼儿园里那座唯一的锈迹斑斑的秋千。

我忽然想起奶奶，怎么不见她？我起身跳进她的屋里，发现她躺在床上，我走上高高的踏板，用手去摸床，没想到床却是热的。奶奶缓缓地把脑袋转过来，我吓了一跳，手下意识地缩回来。

她的脸黄得像甜瓜皮的颜色，那么薄，却散发不出一丝光泽。她仍旧戴着她一辈子都不肯摘下来的银耳环，上面似乎一直沾满了泥似的，颜色发黑，如今那黑色更加沉重。她的眼珠上像蒙上了一层白纱似的，她睁着眼看了我好久，才动了动嘴唇，气若游丝地对我说："马卓，帮奶奶……赶赶苍蝇，奶奶抬不动手。"

她的声音，很奇怪，像是从嗓子里非常费劲才挤出来，然后轻轻地就挥发在空气里，再也找不到一点点儿。

我踮起脚，伸出两只胳膊用力扇动，两只不停在蚊帐中飞舞的苍蝇这才不情愿地飞了出来。

"乖娃娃。"她又费了好大的力说出了这三个字，才沉沉地闭上了眼，仿佛永远都不想醒来似的。

我走到柜子旁，堆积成小山的药材散发着一股浓浓的味道，又苦又涩。

原来，奶奶病了。

我走出门时，小叔正蹲在门槛上抽烟，阿南坐在门口的小凳子上——那是奶奶曾经坐着剥豆角的小凳子。

阿南看到我，招手让我过去。我走过去，阿南对我说："马卓，我马上就走了，过一阵子再来看你……"

"钱一定不止这么多，"小叔不耐烦地灭了烟头，站起来拍拍屁股，把我拉到一边不客气地说，"你妈到底留了多少钱，你别呆头呆脑的给别人占了便宜去！"

那一刻我真想踹小叔一脚。

阿南也不知道听没听见，而是对着他微微欠身说："马卓交给你们了。"

说完，他走了。他没带伞，头发微湿，走到门口时他回头对我摆手。在雅安城的雨里，他和我道别后消失。

日子又回到了最初。回到这个家里，我的心好像终于回到了原处，终于可以安宁，却又好像一刻也无法安宁。那天阿南走后，小叔转身就把林果果买给我的衣服通通丢进灶里，也把我的新书包扔掉，不过他没扔掉阿南送给奶奶的麦乳精。他一边扔那些东西一边恶狠狠地骂我："这下你痛快了！被那个坏女人骗过去，还不是滚回来了？！跟你妈一个样，想当人上人，结果死得比狗还难看！"

我任由他骂，无动于衷。后来我才知道，奶奶在我走后不到一个月就病倒了。我至今没有婶婶。小叔游手好闲，又因为盗窃坐过两年牢，这里没有姑娘愿意嫁给他。他性格暴烈，又爱赌钱，奶奶没病倒时他除了向奶奶要钱，什么也不干。

在我回来之后的这段日子里，他又开始每天赌钱。我负责煮饭，他摆上一瓶烧酒，再从坛子里挖点泡菜就着米饭就吃，吃完就把饭碗丢给我，再命令我去煎药。而他自己，除了摆牌局还是摆牌局。输了就喝酒，喝完酒就骂人，要不就是睡觉。看他的样子，估计那二万多块已经所剩无几了。可是，他就是不肯花一分钱送奶奶到医院里去看病。

有一天吃饭时我对他说："你能不能到菜场买点鱼回来，给奶奶补补身子。"

他居然把碗摔在地上说："要不是你跟你那个该死的妈跑掉，我的妈，你的奶奶会病成这样？"

我丢掉碗筷，俯下身收拾起地上的碎片。他却乘机在我后背踹我一脚，我的两手着地，地上的碎片扎进我手掌里，我痛得全身一激灵，却咬着牙没出声。

他还在叫嚣："要你教老子孝顺！"

"别喊了！都是我的罪孽！"奶奶不知在屋里憋了多久的力气，才发出这一声喊，我立刻从地上爬起来，飞奔进屋里。我拉着奶奶的手，把它贴着自己的脸，泪水这才忍不住流了下来。

奶奶的手指动了动，想替我抹掉泪水。

我干脆用她的手掌盖住自己的脸，哭了个痛痛快快。

上天知道，我只是舍不得奶奶。

她才是我九年来相依为命之人。

如果奶奶出了什么事，我也不要活了。我很用心地照顾着奶奶，每天做的事仍旧就是煎药、做饭、洗衣。我知道那些药对奶奶的病一点用处都没有，应该带她到城里的大医院才是。可是我知道，小叔是绝对不会肯出这个钱的。

我能做的，只能是像奶奶往常做的那样，无论是否有雨的天气里，日复一日地跪在院子里，对着雨城永远不变的灰色的天，虔诚地祷告。

我决定骗他。

晚上的时候，我又去了他房间，他没喝酒，心情看上去也还不错。见我进去，朝我白白眼说："啥事？"

"你是想要钱吗？"我问他。

他转转眼珠看着我说："是又咋样？"说完了，他忽然反应过来，上前一步揪住我的衣领大声喊道："说，是不是你把你妈的钱都藏起来了？"

"不是。"我说，"但我知道那些钱放在哪里。"

"哪里？"他恶狠狠地问。

"你给奶奶看完病，我就告诉你。"

他的眼睛瞪得老大地看着我，用一种很想让我害怕但我却一点儿也不害怕的语气对我说道："如果你敢骗老子，老子会让你比你妈死得还要难看！"

"信不信由你。"我直面着他的眼睛，勇敢地说完这句话，走出了他的房间。

10

那一天，我又在煎药，药汤沸腾，从被顶开的盖子里冒出来，我不知怎么一直发愣，没注意到，头顶立刻挨了狠狠的一记打。

"死丫头，胆敢跟我谈条件！"小叔恶狠狠地骂我，"你要的医生我给你请来了，你要是要我，有你好看的！"

我转头，看他叼着烟傲慢的样子，我真想把他的烟拔下来塞进他嘴里。他敲我敲得太重了，我的头因为痛而有些晕，但我还是恶狠狠地看了他一眼。我不怕他，真的，我只是舍不得奶奶。

"说吧，钱在哪里？"他问我。

"把奶奶的病看好了，我自然会告诉你。"

"你！"他从嘴里把烟头拿出来，指着我说，"你知不知道你自己离死不远了？"

我倔强地转过头去不看他。

死就死。如果奶奶死了，我还有什么活头呢？

我才不怕。

出乎意料的是，他没再找我麻烦，而是转身走掉了。我过了一会儿悄悄地走到奶奶的房间，想看看他是不是真的替奶奶找了医生。当我溜进奶奶的屋子时，那里已经被布置过了，到处都贴着黄色红色的纸，古里古怪。一走进去，我就不停地咳嗽，因为那撮摆在柜子上的香，味道实在太熏人了。我走上前去，想帮奶奶扇扇风，却被一个人拉住。

"下来！"是小叔。隔着烟雾，我看到他眼神凶暴地看着我。

我踉跄几步，发现踏板上坐着的哪里是医生，分明是一个神婆。她两腿盘起，坐在一个草垫上，凶巴巴地望着我。

我乖乖地退了下去。

她跪在那里，低着头，口中念念有词，我有些害怕，眼睛又痛，只能蹲下身子，不停地揉眼睛。小叔把耳朵凑过去，她便对着他的耳朵念叨。我看到小叔不停点头，奶奶躺在床上一动不动，可颧骨却被涂上了红红的鸡血。他们把她弄成这样子，我觉得心都碎了，却无能为力。

不知道他们鼓捣了多久，神婆终于走了，临走之前，她把两个大大的纸包交给小叔，很奇怪的，她还指了我一下。

神婆一走，小叔就气冲冲地走了进来。他抓着我大吼："都是你！我就知道是你！"

他一把把我掼在桌角上，我的腰部被狠狠地撞了一下，痛得我蹲下了身。他继续踢我一脚，从墙角拿出一根木棒来冲着我的背就是一下子，我趴在了地上，试图逃走，叮是木棒却一下接着一下向着我的背上打来，一边打，他还一边喊："克星！孽种！克星！

孽种！"

我终于勉强爬起来，爬到奶奶的房间，从里面把门插上。我扑向奶奶的床，奶奶伸出颤颤巍巍的手，放在我的背上。我放开声音哭了，却掩盖不住小叔在门外的咆哮："孽种！半仙说了，你不是马家的真种！你克死了你爸克死了你妈，再克死老太婆，你下一步就要克死我了！！！你给我滚出来，我今天不灭掉你我不是人！"小叔一边咆哮一边用脚大力踢门，我害怕得紧紧抓住奶奶的身子。

奶奶气息微弱，声音像是从喉咙里发出的。"马卓，马卓，马卓……"她除了喊我的名字，再也发不出任何声音，而我哭得声嘶力竭，压根不想停下。

不知道过了多久，外面终于安静了，我也哭累了。奶奶躺在那里，一动不动。我猛地站起身来，去厨房给奶奶打了一盆水，我只有一个念头，替奶奶把脸擦干净。我全身都在痛，抱着盆的手也在发抖。我不知道，自己是不是会在奶奶之前死掉。生离死别，对九岁的我来说，已经不是个陌生的词。我该怪谁呢？也许，我真的是克星，是马家的克星，妈妈的克星，所有人的克星。

我抱着那盆水一晃三摇，夕阳把我的影子拖得像一根长长的带子。我挣扎着来到奶奶的房间，替她擦拭脸上的鸡血。我在夕阳里看到她的眼睛，那上面的雾气似乎更凝重了些，比雅安春天早晨的那些雾气还要凝重。她的手轻轻拉着我的手，眼神却无比空洞。

我忽然想起来小时候她常唱给我听的那首歌。我试着哼出来，她又睁开了眼睛，轻轻把手按在我的手上，嘴角牵动了一下，居然笑了。

然后我听到她说："马卓，你走吧，走得越远越好。"

说完这句话，她好像又睡着了。

我趴在奶奶床边睡到半夜，小叔回来了。他推开本来就是虚掩着的门，一把揪起我，对我说："你总算没死。"然后，他把我拖到堂屋。我看到桌上放着那两包纸包，一瓶烧酒，一个空碗。

"你想做什么？"我一边问一边往后退，他却蛮横地把我按在凳子上。"坐下！"他一边说，一边把烧酒拧开，倒了半碗，又把两个纸包打开——一包棉絮状的东西，一包香灰状的粉末。他把它们都通通倒进碗里，用食指搅和了一下，就撬开我的嘴巴，不由分说地灌下去。

烈酒从我的嗓子里经过，像割掉我的喉咙一般。我奋力挣扎，喝到一半，没融化的香灰把我呛住了，我剧烈咳嗽，小叔放下碗，打我一个耳光，又继续灌。

我终于喝掉了所有的东西。小叔心满意足地叹了口气，说："震住你心里的魔。"我的世界天旋地转，但是仍然控制不住呕吐的感觉。我奔出门外，天空又开始下雨，我在院子里差点滑了一跤，扶住那棵老槐花树，狠狠地吐了起来。

我听到身后的门被"嘭"地插上了。

小叔站在窗口对我大喊："明天才准进门！"

我吐得天翻地覆。隔壁邻居家的狗不知怎么回事，也跟着呜咽。我靠着老槐树，雨点暂时打不到我身上。我的眼里涌出了泪水。心酸、痛苦、仇恨，哪一样才能描述我的心情？那一天我为什么不让阿南带我走？这样我不会像一条狗一样睡在槐树下。孤儿马卓，至少有一个家。不，阿南不能带走我。我会克到他的，难道不是吗？

孤儿马卓，是一个心里住着魔鬼的女孩子。我挠着自己的胸口，希望魔鬼听到我的话。我只想求他从我的身体里走掉，消失，去惩罚别的孩子吧。孤儿马卓受够了这一切。

开始的时候，我一直都看着那扇开着灯的窗户不停地哭，后来，灯灭了，我不哭了。因为酒精的作用，吐过之后的我又无比虚弱，所以我渐渐睡着了。虽然我全身都是伤痛，但是这一夜，因为酒精我才没有再害怕面对黑暗。

天亮的时候，我睁开眼，全身酸痛，头像快要裂开一样。就在这时候，我听到屋子里传来了音乐声，那音乐我听过，是死亡的音乐，是永别的音乐。我发疯般地冲到门口，大力地擂门，门开了，是面无表情的小叔，他并没有拦我，就像没有看见我一样，转身进去了。

我冲进了奶奶的房间。

我拼命地摇她，喊她的名字，她没有再应我。

她死了。

死了。

奶奶死的时候，脸上还是挂着笑容的，就像她听我唱歌时一样的笑容。我想，她现在一定是见到了她最想见到的神吧。她活着的时候总是祈求神灵能够托梦给她，告诉她什么时候她才能被超度，到另一个世界去见自己最爱的儿子。现在，她总算如愿了吧。

但小叔却不这样认为，他指着被抬到堂屋正中地上的奶奶对我说："你看，你不在屋子里，她死也死得高兴。"

我连瞪他一眼的力气都没有了。

那天晚上，小叔又叫人回来打牌，他们要打一个通宵，这里的人都是用这种方式守灵。奶奶的棺木还没运回来，她只能躺在草席上，脸上的一抹微笑仍然没有消逝，仿佛一个我怎么也猜不透的谜语。

小叔认为我的心魔已经除掉了，准我进家门。他把牌桌摆在离草席很远的地方，只有我一个人跪在奶奶身边为她烧纸。

半夜时，我仍然跪着。不知道为什么，我毫无睡意，我不知疲倦地烧纸，把整整一摞纸都烧光了。我只能走到小叔跟前，问他："还有纸吗？"小叔回头看我，他叼着烟，眯着眼睛，脸上没有任何悲伤的表情。他只是用一张扑克敲着我的脑壳，对他的那些赌友调侃说："你们看这孩子像不像招了鬼？"

这一次我一刻也没等，我把他手上的扑克揪下来撕了个粉碎，扔到他脸上。他万万没有想到我会如此，气得大声骂了一句脏话，又索性拔下他嘴里的烟头，狠狠地摁在我的胳膊上。那天我只穿了一件单衣，胳膊仿佛被挖掉一块肉，我本能地挣扎，无奈他的力气太大，烟头烫得更深了，仿佛要烫穿我的骨头。我继续尖叫着挣扎，才终于从他手里逃脱，我只能向奶奶的尸体旁奔去。我知道，奶奶已经死了，再也没人能救我，我的眼泪流了出来。奶奶死后，我一直没哭，直到这一刻才意识到眼泪是在自己失去了所有的庇护时才流出来。我是多么自私的一个孩子啊，多么自私！

我离开奶奶，神就惩罚奶奶离开我，我又有什么好抱怨的呢？

这一刻，我又一次被自己的责问击溃，我呆呆地流着泪水，跪在尸体旁失去了动弹的力气。我在等待棍子和劈头盖脸的拳脚，可是，却没有等到。我只是等到小叔一把把我从地上揪起来，高高地提在半空中，一直走到高高的门槛前。

他踢开屋门，像松开一只小鸡一样把我丢在地上，然后迅速关上了屋里的大门。

"给老子滚！"他洪亮的声音让黑暗中的我微微发抖。

我知道，一切都结束了。

我拖着伤口再次离开了这个生养我九年之久的家，我不知道，这一走，就是永远地离开。从那次之后，我再也没走进过这个家门一步。我真的如小叔所说的，"滚"了。

可是，谁能告诉我，我到底该去向何方？

—

第二章　少年

—

我终将出发，
去向你说过的无法到达的永恒

风决定了蒲公英的去向

而你决定了我的天亮了

我这就出发

去向你说过的无法抵达的永恒

——摘自少女马卓的博客《风决定了蒲公英的去向》

那一年的夏天，天空一直飘着若有似无的云，蝉不知疲倦地从早晨八点就准时开始鸣叫，要一直吵到日落才罢休。虽说来自盆地，我对东南沿海地区的夏天，倒不会感到不适，除了这里时不时就刮过来的大风，让我总能从中辨别出海水的甜腥。

其实这里离海有着一定的距离，这让我对自己的嗅觉总感到困惑，不知自己是否异于常人。

更令我困惑的问题是，不知道为什么，那一阵子我很怕照镜子，我怕看到自己的脸，我似乎告别了自己的婴儿肥，脸上的轮廓越来越清晰，这让我想起某些已经封藏在记忆里良久的往事，某些早就已经离我而去的人。

我不愿意挺起胸脯来走路，不愿意听到自己忽然变得带了些甜酸味的声音，不愿意看到那个季节的阳光或是鲜花。说来好笑，一直盼望的长大让我惶恐不安，我好像有很多的话要说，却不知道该如何说出口。于是我选择了阅读。我读外国文学，大段大段冗长的叙述让我的心稍显安静，忘记过去，懂得隐忍。

那天中午，我缩在沙发上看从县图书馆借来的一大堆旧书的时候听到门外摩托车的声响。然后，阿南几乎是跑进了门，手里拿着一张纸，轻喘着气对我说："马卓，你考了第一，被天中录取了！"

我的耳朵突然轻轻地耳鸣。

这么多天的努力，总算没有白费。天中，天一中学，要知道，在我们这个县城里，在这个城市乃至周边的地方，有多少孩子都梦想着能跨进它的校门。

阿南捏着那张薄薄的通知书，正过来看，又翻过去瞧。也许是错觉吧，我竟看到他的眼里有些许的泪花。他走近我，用那张薄薄的纸拍拍我的脑门说："马卓，真有你的。"

我合上手里的《飘》微笑。

"噢。"他给自己倒一杯凉茶，坐到客厅那张旧沙发上叹气，"要是你妈能看到这一天，那就好了。"

客厅里挂着她的照片。那张照片是她二十五岁那年重拍身份证时留下的底片影印的，容貌年轻，是黑白照。阿南那里有好些她的照片，不知为何，他选择的是这一张。照片上的她美丽、清纯、长头发、白衬衫，一双大眼睛让人禁不住怜惜。这里所有的人认定她是阿南的妻子，我是阿南的女儿。从来到这个小县城的第一天起，我们就很好地保守了这个秘密。我像所有备受宠爱的女儿一样长大，别的女孩能拥有的一切，阿南都给了我。

我还记得小学六年级我考进县重点初中时，是全县第三名，阿南到学校里去参加毕业典礼，他手上拿着学校颁给我的奖状，和校长站在一起合影时，他像一个孩子那样把奖状高高举起，牵动着嘴角拼命微笑。我很少见他那样笑，傻傻地正经着，让我多少觉得有些滑稽，但更多的是感慨。上帝作证，这么多年来，我最怕的事情就是让他失望。

我要成为他最大的骄傲，这是我十岁那年和他来到这个江南小镇的第一个夜晚面对星空许下的心愿。

当然，这种誓死也要实现的理想，只是我一个人的秘密，阿南从来都不知道。很多年后我在一本书上读到一句话："懂得感恩的人才能活得坦坦荡荡。"我在那句话下面划上重重的红线，告诫自己一定不要忘记，要坦坦荡荡地活一生。

考上天中，也是这誓言中不可少的一个环节吧。

"就是要去市里住校了。"阿南说，"你一个女孩子，我多少有点不放心呢。"

"我行的。"我说。

"我知道你行。"阿南憧憬地说，"或许我可以把超市开到市里去，地方小一点儿也没问题，这样你每个周末，还有一个家可以回。"

阿南的"果果超市"在这里已经小有名气，我们回来的时候只是一爿小店，后来越开越大，生意也越来越兴隆。当然，这也是顺理成章的事，阿南是一个勤劳的人，做生意又诚信，加上心肠好，自然会有好报。

阿南的爸爸在我十二岁那年因病去世了。阿南的妈妈，也就是我现在的奶奶对我非常不错。她很干练，也不显老，其实也不是不显老，是她根本不允许自己老。每次她的头发出现一两根白的时候，她就非要把它染回黑色。她看上去跟我雅安的奶奶完全不一样，她有很多爱好，唱越剧，还上老年大学，每天都很忙碌。但，她给我的爱却是一样的，甚至有过之而无不及。她爱打扫，总是把家里打扫得干干净净，而林果果的照片，她更是每天都要擦，每次都擦得一丝不苟，有时还会微微地叹息。每次听到她的叹息，我的心里都会像被针扎过似的一抖。我很内疚，也很自责。因为我们骗了她。善良的她一直都以为我是阿南的亲生女儿，是阿南不懂事时留下的一个"孽债"，我真不敢想象，如果有一天她知道了真相，会不会连杀了我们的心都有。

那天晚上的饭菜十分丰盛，阿南还特意让奶奶熬了鸡汤，他盛了一大碗汤递给我后，奶奶说："我看念高中前把名字给改回来吧，老跟着妈妈姓，马卓，马卓。她妈又不在了，学校里的老师同学都搞不明白是怎么回事。"

阿南姓张。我的名字是奶奶的心病，这些年来她已经提了不止一次了。

"吃饭吧,妈。"阿南说,"孩子大了,不要勉强她。"

"跟自己爹姓叫勉强?"奶奶说,"我还没听说过这理。"

"好了,好了。再说,再说。"阿南把鸡腿夹到奶奶碗里。奶奶却又把它夹给我,问我:"你说呢,马卓?"

我咬着筷子不作声。

那顿饭,因为这个话题,显得有些不欢而散。晚上我在自己小房间里看书的时候,阿南来敲门了。他给我端来了一杯冰镇的西瓜汁,小声地对我说:"奶奶说什么,你就当没听见,别放在心上。"

"可以改的。"我望着他,由衷地说。

他有些不明白地看着我。

"我可以跟你姓。"我说。

"张卓,张卓……"他搓着手念了好几遍,苦着脸说,"我怎么觉得很不顺口?也不好听?"

我笑。

"还是马卓好。"他下决心一样地说,"不改了,我觉得马卓这个名字有气势!"

他就是这样一个人,好心到令人发指的地步。

"看什么呢?"他好奇地看着我书桌上的书说,"图书馆借的小说?"

那是一本《初恋》,那两个字大大地写在封面上,作者有着一个好长的外文名字。其实我压根也还没翻开,但我用手臂把书名挡起来，不让他看。或许他早就看到了，但他没有揭穿我，而是打着哈哈出去了。

门带上的时候，我才翻开那本旧得已经有些发黄的书。书已经被好多人借阅过了，在它的扉页上，被人用圆珠笔写上了这样的句子：我爱你，直到生命的最后一刻。

我忽然想起很多很多年前，阿南曾经跟我说过的一句话："我是最爱你妈妈的那个。"这句话像刺青一样刻在我心里，我甚至记得阿南说它的时候的表情，以及每一个字节的音调。我想，至死我都不会忘记。

我终究还是没看完那书。我没办法适应翻译小说的冗长和繁杂，只翻了几页就把它搁置在一旁。

那个漫长的夏夜，忽然下起了暴雨。我把天中的录取通知书放在枕头边，终于勇敢地回想起一些往事。我想起妈妈死后，我被送回家的日子，那时的雅安下着前所未有的暴雨，雨声吵得我几乎两耳失聪，我想起小叔暴跳如雷厉声叫我滚的样子，想起我被关在家里不许去上学的孤单的感觉，想起奶奶死去的那个阴沉的上午，云朵层层集聚在我家房顶上，仿佛做好准备一起坍塌下来。

那真是噩梦般的半年，我的生活完全失去方向，整个人几乎变成了白痴，连痛苦都很迟钝和麻木。那一次，我被赶出家门后被邻居送回家，小叔一直不肯再收养我，我在邻居家里待了三天，直到阿南来，他当机立断决定带我走。

领养手续差不多只办了半天。小叔咬着牙签，拿走阿南口袋里最后的一千多块现金，用含糊不清却无比坚决的口吻对我说："滚吧，滚得越远越好！"

　　小学五年级的时候，我学到一个成语，叫"不堪回首"。当我把它一遍遍抄在我的生词本上时，我觉得这个词简直就是为我量身定做的。我用它这样造句：我的人生，不堪回首。这样老气横秋的话，被我无比郑重地书写下来，以至于我的眼泪都快要掉下来。

　　可无论如何，这么多年来，我差不多已经习惯把过去打包，整理，塞进角落再也不去触碰。即便是偶尔的回忆，也足以令我心碎到窒息。

　　我常常想象，如果没有阿南，今天的我会是什么样子？或许早就在雅安一个小餐馆里端盘子洗盘子，被客人呼来唤去。或许现在的时节，正在山上刨地，麻利地收拾庄稼。再过几年，就胡乱嫁人，甚至，很快就生儿育女。

　　而现在，我拥有的却是一张足以让全县中学生都羡慕到吐血的"天一中学"的录取通知书，我该如何感谢阿南，感谢命运？

　　那一天的日记，我用钢笔用力地写下一行大字。"马卓，全新的日子开始了。加油，努力！"

_02

很神奇的，有天晚上，我梦到了林果果。

时间过去这么久，那是我第一次如此清晰地梦到她。她穿着绿色的裙子，脸色红润，笑声朗朗。她用温暖的手牵住我的手，在我耳边轻声说："走，阿南四十岁生日，我们去给他买双新皮鞋。"

刚说完，她就放开我的手疾步前行，她走得实在是太快了，我叫喊着努力追上去，她还是终于慢慢不见。

醒来的刹那，我泪流满面。

眼泪虽然来自梦中，却如此真实，切肤的疼痛。我把头埋进被子里，忽然想放声大哭，不管不顾，哭它个天崩地裂。

当然，我没有。从她离去的那一天起，我仿佛就已经失去了放声大哭的权利。我只是在被子里悄悄擦掉我的眼泪，然后起身，换好我的校服，拿好我的饭盒，准备吃完早饭就去上早自习。

这是我来天中读书的第三天。我住的宿舍条件不错，除我之外，还住着另外三个女生。因为时间尚早，她们都还在酣睡。我从县里来，这些市里的孩子和我相比，眉宇间透着更多的骄傲和自信。不过这些并不能给我造成什么压力，一直以来，我都习惯在自己的天地里求得生存，独守我的磁场，自得我的乐趣。

就像我初中时的班主任曾经对我说过的一句话。她说："马卓，你是颗静静待着的原子弹。不爆发则已，一爆发必然惊人。"

这种夸奖对学生而言是至高无上的荣誉。不过我并不洋洋自得，而是将它珍藏在心里，成为鞭策我继续努力下去的勇气。

初秋清晨凉爽的风吹过我的脸，我穿过天中偌大的操场去食堂打早饭。操场边有很多的柏树，矗立在那里，如一个个守护的士兵。广告栏里贴着女子剧场的广告，一个美丽的女生伸长了手臂仰望天空，旁边写着一行大字：我和我蓝色的理想。广播室里的音乐已经响起，轻柔舒缓，优美动听。多好，一切都如我想象中一样，是的，我想我已经爱上这所百年老校的味道，它是属于我的，我应该来这里。

虽然校园生活无非就是上课，休息，吃饭，睡觉，但在我看来，依然无比美好。我享受着教室里为了迎接新学生而重新漆过的桌椅，享受着宿舍里安排的饮水机，享受着高大美丽的图书馆实验楼，享受着学校后山大片开着的花朵和浓密的树叶，享受着我在从前的学校从来没享受过的待遇，享受着这些夜夜苦读后曾经梦想并终于拥有了的一切。是的，我享受，并且珍惜。

天中的课程并不像我想像中那样的紧张，老师也并不像我想像中那样严肃。都开学三天了，班主任才在语文课上让大家做自我介绍。

我们班主任是个男的，很年轻，大约三十岁的样子。他有个相当古怪的姓，姓"爽"。他的开场白是："你们优秀，我就爽！"当场笑倒一大片。同学们都很喜欢他，亲切地叫他老爽。老爽的普通话听起来很有磁性，也很有鼓动性。"考入天中，大家都是天之骄子。今天，我不上课了，给你们每人半分钟上台来给自己打个广告。就这短短的半分钟，希望大家抓住机会，展示自己，一鸣惊人！"

不上课好像总是件开心的事，同学们都很雀跃，按顺序一个接着一个地走上讲台。我考进来的时候成绩不低，所在的班级是重点班，我们班每个男生女生的确都与众不同，不过是简简短短的自我介绍，也是花样百出，赢得大家的阵阵掌声或是笑声。

第一个上台的是坐在我前面的男生。几乎爽老师话音刚落，他就刷地站起身，几步就走上了讲台。可是出乎我的意料的是，他的嗓门很细，一上台就不停地推眼镜，一句完整的话都讲不出来，和他走上讲台时的勇敢很不搭调。教室里尴尬了好几分钟，随后整个教室里爆发出一阵哄堂大笑。

爽老班制止大家说："请大家保持安静！"

"肖哲，不用介绍了，大家都记得你了！"重点中学的学生都高傲得很，几乎没人在这个时候听老班的，反而有好事的男生借机讽刺他。他却忽然像爆发了一股神奇的力量似的，大声说："我叫肖哲！我之所以第一个站上讲台，是因为我的座右铭是：永远争第一。希望大家记住我！"

最后一句话，他甚至有些声嘶力竭。喊完之后，他就满脸绯红地踉跄着走下了台。我的同桌也是舍友颜舒舒不屑一顾地在鼻子里发出了一声"哼"。看来他们早就认识。

轮到我的时候，我放下书，走上讲台，说："我叫马卓。我的爱好是看书。希望和大家成为好朋友。谢谢大家。"

说完，我向大家鞠了一躬，下台。

掌声先是迟迟疑疑，终于还是有礼貌地成片地响起。

这应该是最平凡的自我介绍吧，不过我并不觉得有任何的羞愧，因为在这里，我只想做平凡的一份子。

下课时，颜舒舒凑到我耳边，好奇地说："听说你在你们县里考第一？"

"还好吧。"我说。

"什么叫还好吧？"她笑，"你回答问题真奇怪。"

我冲她笑笑。她低头，忽然很亲昵地轻轻踢了我的球鞋一下说："别穿这种款了，回头我给你介绍两款今年最流行的鞋，我能搞到A货，不贵。"

"不用了。"我说，"谢谢你。"

她好像有些不开心，低下头收拾她的书本去了。

慢慢地我发现，颜舒舒是品牌的疯狂追随者，她的书包是JANSPORT（杰斯伯）的，她的球鞋是Pro-kids的，就连发卡都是Hello Kitty的行货。在她有形无形的灌输下，我才对这些牌子稍稍了解了些。初中时，一双Nike的板鞋就足够一个班的人推崇，倒是没有见过这样的名牌狂。流行是种毒药，我们班里好多女生受她的影响，并开始买她的东西，她乐此不疲地做着这些小买卖，有人说一个月她能赚好几千块。虽然不知道是不是真的，但我知道，她的客户真的很多，只是，身为她同桌的我却始终不是其中一个。

并不是我舍得花钱，而是那些东西，对我实在无用。

当她第N次向我推销一款倩碧的眼霜未果的时候，我感觉她开始恨我。

"喂！"她不服气地皱着眉头，用手指关节扣着桌面，表情难看地对我说，"我是为你好。你每天看书到那么晚，不保养怎么行？你真以为皮肤是铁打的？"

见我不动容，她又说："友情价，如何？"

"钱对你而言就真的那么重要？"我不解地问。

"你不买就不买，话怎么那么多呢！好心没好报！"她有些生气，脸色变红，顺手把那个小巧的眼霜扔进抽屉。这时，上课铃声终于响起。

她把她的书架移到座位中间，一堂课都撑着胳膊背着身子听讲。并且，那几天她都没有和我说话。她家离学校近，动不动就跑回家，所以，在宿舍里也没什么说话的机会。

我乐得清闲。

直到那一天黄昏，在洗手间的时候，听到女生们的谈论：

"她什么也不知道，英文学得那么好有何用？我打赌，她连CHANEL都会错拼成CHANNEL！"

"瞎说，她根本不知道香奈儿是什么。"

"也许她以为是一种花的名字，哈哈。"

"别为难人家啦。听说她爸爸是县城里开杂货铺的，百雀灵还差不多，其他的，她能懂些什么呢？"

她们一边用纸巾擦着湿漉漉的手，一边站在洗脸台旁七嘴八舌，其中就有颜舒舒。她们丝毫没注意身后的我。

直到我说："让让。"

她们面面相觑，灰溜溜地走开。只有颜舒舒和我对视，我平静地回望她，终于把她看成一个大红脸，她转身三步并作两步离开了洗手间。

我把水龙头拧到最大，狠狠抹了一把自己的脸。

我走出洗手间的大门，站在门口伸展懒腰，呼吸了一口天中的新鲜空气。我不是不能忍受闲话的人，从小，我就生活在流言的包围中，没有爸，没有妈，私生子，外来妹。没什么，这些真的都没什么。

现在，长到十六岁，我更是无所畏惧。要知道，谁也不能影响我的斗志，谁也不能阻挡我汲取养分的信心，我一定要像株天不怕地不怕的野草，拔地而起，茁壮生长。当他们发现我的精彩的时候，除了鼓掌，别无其他的选择。

这才叫真正的"爽"！

03

周末的时候，阿南来看我。

他等在传达室，拎了大包小包，好像我生活在物品极度匮乏的重灾区。我埋头看那些袋子，可真是服了他，花露水，蚊香片，鞋垫，奶粉，蛋白质粉……甚至还有针线包。

"带回去吧。"我苦着脸说，"你又不是不知道，我的宿舍太小，根本都放不下这些东西，而且我也用不着。"

"那怎么行，你奶奶收拾了大半夜，非要让我带给你。"阿南说，"你放床底下，书桌下，哪里有放不下的呢？东西不要嫌多，需要的时候没有，就麻烦了。"

没办法，我只好让他陪我把东西送回宿舍。

"在学校还好吗？"一路上，他不放心地说，"你走了，我们都不习惯，老觉得家里少了些什么。"

"还好啦。"我说，"告诉奶奶，放月假的时候我回去看她。"

"到时候你打我电话，不要挤公共汽车了，我正好要进货，找车来接你。"阿南说，"让奶奶给你做好吃的。哦，对了，你在学校不要吃得太省，该花钱的地方就花，咱家也不是没钱。"

"知道了。"我说，"你就放心吧。"

可他还是不放心，在宿舍替我把东西放下后，又和宿舍里的其他女生寒暄说："请你们多多帮助马卓，她比较文静，也没离开过家。"住在我上铺的吴丹笑着说："放心吧，叔叔。马卓是女状元，学习上还要她多帮助我们呢。"

我微微脸红。

他却满意地点点头，又忙不迭掏出几百块钱来递给我说："多放点钱在身上，万一要急用呢？"

我把钱推还给他。

"还是拿着吧。"他很坚决地把钱塞到了我的枕头底下。

我低头，忽然发现他穿的皮鞋，棕色的，很旧了，左脚的鞋子好像还开了一个小口，我一下子想起了那个梦，想起她拉着我的手说："走，阿南四十岁生日，我们去给他买双新鞋子。"

我这才想起来，再过半个月，他真的是要四十岁生日了。

我没再坚持把钱还给他。我打算把它们存起来，在他生日的时候，替他买双鞋。

等他走了，吴丹从床上探下头来，小声对我说："你爸对你真好。我觉得他跟很多爸爸都不一样。"

"是吗？"我说，"哪里不一样？"

"怎么说呢？"吴丹想了想说，"我觉得他身上有种别的爸爸都没有的亲切感，好像跟你没什么距离。"

亲切感？

呵呵，我要是告诉阿南，不知道他会怎么想。

我愿意把我的一切好消息都告诉他，然而，对于那些小事情，诸如同学们眼光里偶尔的轻视以及颜舒舒和我之间微不足道的摩擦，在阿南面前，我还是只字未提。

其实，自从那天的事情以后，颜舒舒对我的态度已经开始改观了。比如，她在数学课上恍然大悟地看着黑板，自言自语地说完一大段后再转头来看着我，用征询的口气说："这个公式背得对吧？"我点一下头，她就拍拍脑袋，继续若有所思地听下去。

又比如，她起身去教室前的饮水机倒水，会把我的水杯拿上，说："顺便给你倒吧。"

甚至，她在活动课上口若悬河地向几个女生说她的 Hello Kitty 的时候，居然把一个小小的粉红色发卡放在我头发上比了比，有模有样地说："她戴这个就挺好看。"

等女生们散去，她把发卡郑重放在我的作业本上，对我说："送给你。"

我把本子推到她面前说："不用了。我不需要的。"

"你的头发有点挡住你的视线了。"她说完，又飞快地说，"不要钱的。"

"谢谢你，我只是不习惯用这些东西。"我并不是那种小心眼的人，她这些天的表现已经让我曾有的不快散去了很多。因此我的语气听上去也很诚恳。

"其实……"她把发卡拿在手里，把玩着，好半天才吐出一句话，"对不起啦，其实你也知道，我也是顺着她们说说而已。"

"没什么呀。"我朝她笑了笑。

"真的？"她不相信地看着我。

我点点头。

她伸出手，亲亲热热地拍了一下我的脑门。我没来得及闪躲，与人之间的亲昵，我总是显得不太适应。

那天在宿舍里，我听吴丹和别的女生说起她的故事，才知道她竟是副校长的外甥女。她们说她的成绩并不好，能进天中，全拜她的副校长舅舅所赐。所以，包括她在学校里做生意这档子事情，如果换作别的女生，老师们早就会勒令禁止。而事实是，正因为她是颜舒舒，好几次有外班的女生来跟她"谈生意"，爽老班都能做到睁只眼闭只眼。

"可是她也太过分了！"吴丹尖着嗓子说，"你知道吗，她连那个都卖呢！"

"什么啊？"有好奇的女生追问，"卖什么卖什么呀？"

女生们就咕咕地暧昧地笑起来。

我突然觉得我很同情她，之所以同情她，是因为那些传播这条消息的女生中间，就有上次和她一起评价我如何如何的那几位。

交友不慎真是大大的悲哀，而那些平时花费大量精力在各种八卦事件上的女生，还能有余力考得高分进入重点班，本身也是一件不可思议的事。

第二天的课间操，轮到我和颜舒舒做值日。天气很热，大家都起得很早，早读课教室里人坐得满满的，可是颜舒舒却意外地缺席了。

我一个人打扫了整个教室，倒了垃圾。

洗完手刚踏进教室，却看到我的座位旁边，颜舒舒已经在了。只是她整个人正趴在桌子上，脸全部埋在衣袖里，肩膀一抽一抽的，好像在哭。

我走到颜舒舒的身边，轻轻坐下，问她："你没事吧？"

她忽然就扑到我怀里放声大哭起来。

我有些被动地抱着她。这是我第一次和一个女生这么亲密的接触。她的身体软软地靠着我，有一种我似曾相识的味道。那味道在我生命里消失很久了，却忽然邪门地出现，若有若无。我害怕闻到，又渴望它，总之，它击中了我，令我动弹不得。

很久以后我才知道，原来她用的是和林果果一样的香水，那个香水有个吓人的名字，叫"毒药"。

谢天谢地，她的哭声终于慢慢小下去，我轻轻地推开她，对她说："别哭了，快上英语课了。"

她忽然站起身来，把英语书猛地一把拍到桌上，当着全班同学面大声地喊了一句："谁乱讲谁就烂舌头，出门被车撞死，全家被人砍死！"

喊完这句恶毒的话，她跨过我的椅子，直接冲出了教室。

不知道她去了哪里，我发现我还是有点担心她。

那天，颜舒舒直到英语课上了一大半时才重新回到教室。她的样子看上去平静了许多，哑着嗓子，低着头说："May I come in？"

英语老师皱了皱眉头，把她全身打量一遍，才极不情愿地吐了句："Yes。"

她回到座位上，把她的小半包面纸塞进抽屉里，放在她那个银色的CD包上面（那里面装的，全都是她各种各样的五花八门的不知道从哪里进来的时尚商品），然后，她拿出英语笔记本埋头抄起黑板上的字来。

我希望一切都已经过去了，然而，暴风雨前的彩虹仅仅维持了十几分钟那么久。下课铃刚响，那个平时只在周一升旗仪式上露面的副校长却出现在了教室门口。他的背影我一看就认得，学校橱窗里有校长一行陪外国考察团来校视察的照片，被放得好大，放在最显眼的位置，他站在最左侧。

他招手叫颜舒舒出来，表情严肃，引得周围经过的人纷纷侧目。

我看到他在窗外讲颜舒舒什么，而颜舒舒则拼命地摇头。

我不知出于什么样的心理，鬼使神差地，从她的抽屉里掏出她那满满的一包货，悄悄放进了我自己的抽屉里。

一会儿，满脸苍白的颜舒舒，果然带着她的舅舅走进教室。我不露声色地把英语笔记摊平在桌子上，认真地看。

校长自己走到颜舒舒狭窄的座位旁，动手把她的书包拿在手上抖了又抖。整个教室都鸦雀无声地看着这场"戏"，就连英语老师也疑惑地站在教室门口不肯离去。

谁都知道，颜舒舒的"货"从来都是放在抽屉里的，所以几乎所有人都"饶有兴趣"地等着接下来发生的事。

颜舒舒的脸越来越白，我担心她快晕过去了。她自己扶住课桌的一角，身子晃了几晃才稳住。

就在校长打开课桌的那一刹那，颜舒舒扶住桌角的手攥成了拳头。

可是让所有人惊讶的是，桌肚里除了颜舒舒的书包、几本漫画书和一些散落的参考书，什么也没有。

那一刻，全班同学都看着颜舒舒被掀开的桌肚，惊讶不已，当然也包括她自己。校长皱着的眉头终于慢慢松开，他轻轻地放下了掀起的桌板，转身看了看表情极度不自然的颜舒舒，什么也没说地走出了教室。

校长走出教室后不久，上课铃就重新打响了。大家都跟没事人一样继续上课，只有颜舒舒着急地寻找着自己的那包东西。她把自己的名牌书包那无数个拉链都拉开，搜了又搜，焦急不已。

我轻轻地碰了碰她的胳膊，在我的笔记本上写下了四个字：在我这里。

她恍然大悟，偷偷地笑了。

"以后小心点。"中午吃饭时间，趁着没人注意的时候，我把她的东西还给了她。她带着一种又感激又迷惑又羞愧的眼神看着我，接过了她的东西。

那天下午第一堂课是政治课，颜舒舒一个人低着头忙了整整一节课，直到又一次下课，才慢慢推过来一张彩色的字条。

"谢谢你。以后如果有什么要我帮忙的，就尽管提啦！"她在这两句认真写上去的话旁边，画了一个穿着军服的小女孩，站得笔直，做着一个敬礼的手势。

那个女生有着短短的头发，脸颊上飞起两朵红云。看得出，她很费心思。一定是为了表达她内心的感激，才这样苦思冥想的吧。这反倒让我觉得过意不去。

我决定原谅她。再说，我从来也就没有要讨厌她的意思。

我看着她说："还真想请你帮个忙呢。"

她像小鸡啄米一样点头，说："哦啦。说！"然后她的手臂弯过来，亲热地挽住了我的胳膊。我却还是非常的不习惯，还是借故推开了她。

她并不介意，而是眼睛看着教室的天花板，用播音员的口吻说了一句话："马卓，你真牛。"

04

十岁的时候，我已经早早懂得"宿命"的道理，但我从没放弃过与之抗争。我不服输，不认命，我一直相信努力会有好的结果。但遗憾的是，一直到许多许多年过去之后，我却仍然不懂得，抗争"宿命"原来是一件多么艰难的事。

就像我从没想过有一天，我会遇到那个叫"毒药"的男生，他仿佛一直蛰居在那里，等着有一天以迅疾无比的速度径直闯入我的生命，就像一只蚂蟥，在我还没意识到痒的时候，已经被他饱食鲜血，当我想到要对抗他的时候，他却从我的身体里剥离，只把深重的疼痛留给我，这简直让我不知道该如何是好。

那天是周末。秋天的阳光像层鸡蛋清，把我的皮肤晒得滑滑的，我的心情出奇的好。颜舒舒依言带着我，去一个叫"华星"的大市场给阿南买鞋。

"两千块的ECCO（爱步），我三百块内准搞定！"颜舒舒得意地说，"买好了你拿着到大商场ECCO专柜对一对，保证看不出任何不同。"

我不懂得什么叫ECCO，也不懂两千块和三百块到底哪个更靠谱。只要鞋好看，阿南穿着合脚，就一切OK。

出了校门不远就是二十九路公交车，我们快走到公交车车站的时候，颜舒舒忽然抓着我的手臂轻声尖叫起来："呀，毒药！毒药！"

我不明白地看着她。

她手搭凉棚张望一阵，附到我耳边来，神秘地说："看前面那个男生，哦，你看他帅不帅，你看他的帽子，是VD（菲格登）的，你看他的手表，卡地亚，你看他的鞋，GUCCI（古驰）的，他的裤子，CK（Calvin Klein）的。哦，天啦，全是有品质的！他就在附近的技校读书，我们学校好多女生都迷死他了，难道你不知道吗？"

我当然不知道。

不得不承认，除了课本，我知道的东西实在太有限了，来这里读书快两个月了，我还是第一次上街呢。

颜舒舒的眼神里充满了对他穿着的崇拜，她拉着我，飞快地走上前去，还念叨着："走，我们研究研究去！"公交车还没来，我们和那个叫"毒药"的男生并肩站在了一起。他好像歪过头看了我们一眼，不过他戴着帽子，我并没有看清他的脸。颜舒舒站在我的左边，她一直凑着脸想看清楚他的鞋。不自觉地，我换到了颜舒舒的另一边，可是不知道为何，他却也跟着我移动了过来。也许是错觉吧，我甚至还听到了他轻轻的笑声。

我正在考虑要不要再移动的时候，车来了。我如释重负地抢先上了车，车上已经没有空位，等我终于站定的时候，发现他居然又站在了我身后。

而且，他冲我微笑了一下。流氓。我的心里冒出这个词，自己也吓了一跳。

这回我看清了他帽子下的那张脸。说实话，不得不承认，我从没见过一个男生长成那样，怎么说呢，不仅是好看，也不仅是帅，什么词语都无法形容，总之，很特别很特别。他似乎知道了我在看他，居然把脸凑过来。

我赶紧收回我的目光，看着窗外。

"天啦，真帅！"颜舒舒却在我耳边花痴地嘀咕。

我却感觉身后的他上前了一小步，靠我更近了一些。他吹着口哨，不知道是在吹什么歌，调子古怪而飘忽，让人摸不着头脑。他的举动让我多少有些惊慌，我飞速地转过身，他却肩膀靠着公交车上的柱子，抱着臂，用一种很平静的语气对我说："同学，你背包的拉链开了。"

果然。

我敢保证，在我出门前，它绝对是拉上的！

"谢谢。"我违心地低声对他说，心里却狐疑，也许就是他拉开的呢。

"哎呀，看看有没有丢什么东西？"颜舒舒大声叫起来，引来公交车上无数注意的目光。我示意她噤声，并把包重新拉好，背上。

还好，我的钱放在我的裤子口袋里。我悄悄地摸了摸，还在。

"噢，你的手表是不是于安朵送的？"我听到颜舒舒在问他。

不过我没有听到他的回答。

"一定是的。"颜舒舒讨了个没趣，只好凑到我耳边说，"我认得那块表，于安朵磨了我一个多月，后来我按进价卖给她的，亏死了。"

我知道于安朵，她是我们隔壁班的超级大美女，听说有很多男生下课的时候趴在阳台上一动不动，就是为了能看她一眼。我也觉得她真的很美，却没想到，她会和这样的"小混混"混在一起。

到了站，颜舒舒拉着我下了车。我眼前正是"华星"商场。这是一个只有三层楼高的地方，占地面积却很大。与其说是商场，我宁愿认为那是市场。市场前立着一个很大的广告牌："最流行，最时尚，最便宜。"市场前面人头攒动，有很多穿着奇装异服的女人和男人来来回回。我跟着颜舒舒往商场里走。一跨进大门，就听到震耳欲聋的音乐，仔细一听，居然是一个男人在不停发出亲吻的声音，听得我心里直犯恶心。可颜舒舒却不一样，她一进这里就像鱼儿进了水，拉着我，熟门熟路地穿梭于各店铺之中，还时不时跟店主们点头打招呼。

看来她在学校里卖的那些东西多半都出自此地吧。

我们到了二楼，颜舒舒带着我到了一个小小的柜台。这里的鞋架高得要命，真不知道那些鞋是怎么放上去的。

颜舒舒问我："你爸爸穿几码的鞋？"

"43。"我说。这个我早就了解过了。

"OK。"她麻利地拍拍手，背对着我，指着天高的鞋架，嗲声嗲气地对老板说，"帮我拿一下那个，那个，还有那个，谢谢噢。"

老板拿起一个类似晾衣架的长棍，将她所说的那些鞋一一勾下。

颜舒舒把鞋在地上排了一长串，一边摆一边说："买鞋要看脚大脚小。适合小脚的款大脚的一定不能买，适合大脚的款小脚穿着肯定不好看。"她专业得像在表演绕口令。

我看着脚下，发现自己开始有点佩服她了，她的眼光的确不俗，选的东西都很别致。特别是在她跟店主讨价还价的时候，简直熟练到让人瞠目结舌。我和她一般年纪，可相比起来，我就是个完全没见过世面的土包子。

"你自己挑挑。"颜舒舒对我说。

我刚想蹲下身，忽然被人重重撞了一下，连我的包好像也被谁扯了一下，拉得我差点没摔倒。

我转身，握着被撞得发麻的胳膊，循着那个奔跑的身影看去。天，是他。那个帽子，那双绿色的球鞋，我记得清清楚楚。

"是毒药，原来他也来这里。"颜舒舒朝远处张望了半天，凑过来问我，"你没事吧？"

"没事。"我揉了揉胳膊，把包背好，对颜舒舒说，"我喜欢黑色那双。"

就在这时，我们面前又飞一般地跑过去几个男生。他们跑得很快，并很快追上了"毒药"，远远看去，我好像看到他们在搜他的身，他只是懒懒地站着，把两只手臂都伸到空中，没有任何反抗的意思。

"我去看看出什么事了。"颜舒舒把手里的鞋一放。

"别去!"我拉住她。

"噢,好吧。"她摇摇头,"我们买了鞋快走,今晚我老妈还要来学校看我,见我不在,我麻烦就大了。"

很快,我买好了鞋,抱着鞋盒,和颜舒舒一起来到了公交车站,准备坐车回学校。

二百一十块钱。如果阿南知道,不知道会不会埋怨我。

可我真的很希望有一天,我是用自己的钱替他买鞋,如果那一天快快来到,该有多好。

"你在想什么?"颜舒舒问我。

"没。"我答。

车子正好在这时候来了。我们随着拥挤的人群走上公交车。在车子快要开之前的一秒,我又看到了那个人影,他在离公交车还有将近三米的地方纵身一跃,像个袋鼠一样跳上了公交车,手中的硬币像子弹一样弹进投币箱里。

我立刻感到莫名的紧张,拎着袋子的手指忽然疼痛无比。难道是鞋子太沉了?

我寻找颜舒舒——她已经在后排占到一个座位,招着手让我过去。我奋力从人群中挤过,一直挤到她身边。

这一路,他没跟过来。

谢天谢地。

"哦耶,今天跟他真是有缘,要是给那些追她的女生知道了,非嫉妒得疯掉不可。"颜舒舒说，"听说为了见他一面，要在技校门口苦苦等上一周呢。"

有那么夸张吗？

到了学校，颜舒舒拉着我下了公交车，却发现他并没走，而是站在那里，像是专门在等我们一样。我低下头想从他身边走过去，他却对我懒懒地伸出一只胳膊。

"同学，等等。"他说。

怎么了？我完全不明白状况。

他却顺势一拢，抱住了我的胳膊。当时我们就在离校门不远的地方，他的动作就好像在迎面抱着我。这严重地让我感到羞愧，我触电般地把他的胳膊狠狠推开，抬头瞪眼看着他。

我的脸却不自觉地红了，我甚至能敏感地感受到这种仿佛赤潮的红色。我一定是因为太羞愧了，那一刻，我羞愧得真想把自己的脸皮撕掉才好。

怎么能和一个男生，这样拉拉扯扯？在马卓的人生中，到目前为止，这都是禁止发生的。绝对禁止。

"你离我远点！"我大声地吼他。

"有事吗？"颜舒舒一定好奇死了，凑前一步问道。

他并不生气，而是伸出一根手指，在我眼前勾了勾，笑着说："把我的东西还给我。"我还没有反应来的时候，他已经靠近我。我全身的神经都绷紧了，只能用手抓住背包带子，想要摆出一副抵抗的样子，可是还没来得及握紧带子，他已经站在了我身后。我想转身，他却用手按住了我的肩膀。我忽然觉得自己脸上的红色又一瞬间褪去了，只剩下阵阵凉意。

"别动。"他说。

颜舒舒看着他的一举一动，大气也不敢出。

他的动作很麻利，转眼就从我背包的侧包里拿出一个白纸包着的东西，满意地亲了它一下，再用左手把它扔向半空中，飞快地转了一个身又接到右手里，哈哈笑着走远了。

"谢啦！"他已经走得老远，却又停下来，转过身来面对着我们，把帽子微微拎起来又放回去，欠了欠身，送过来这两个字。

颜舒舒紧张地抓着我，问我："他什么时候把那东西放进去的？"

我迟疑地、缓缓地摇摇头。

"天啦。"她苍白着小脸说，"我估计那一定是'粉'，要是今天被警察抓到，马卓，搞不好我们都得去坐牢。"

她话音刚落，轮到我小脸苍白了。

"粉？"

是电视剧里演的那种东西吗？

我不敢往下想了。突然间，我的脑海里浮现出公交车上，他扔出的那枚亮晶晶的硬币。那个完美的抛物线，它的系数到底是多少呢？

我该如何才能猜透这其中的玄机？

05

天中的月考，终于在开学两个多月后开始。

对于这次考试，我一直都放得很轻松。其实和班上某些苦心孤诣的女生相比，我并不算非常用功，我只是把某些女生用来思考爱情和男明星的时间和课余谈天说地吃零食的时间花在了学习上罢了。

我从不熬夜，也不早起苦读。生活规律，心情平静。

或许这些才是我的制胜法宝——我居然考了全年级第一。

也正因为如此，这个"第一"让我从班里最普通的一名学生一跃成为众人关注的"明星"，让众人跌破了眼镜后开始用不一样的眼光看我。老爽公布成绩那天，颜舒舒发出一连串的啧啧赞叹，说："马卓马卓马卓，能不能告诉我，你的脑子是用什么做的？"

"碰巧吧。"我说。

我虽然开心，但真的没觉得有什么好骄傲的。因为从小学五年级开始，考第一对我而言就早已经是家常便饭。

"死谦虚！"颜舒舒骂我，骂完后又说，"我不管，下次考试的时候我不明白的地方就抄你的，嘿嘿嘿。"

我们正在交谈的时候，坐在前桌的肖哲忽然把头转过来，一动不动地盯着我看。

我被他看得挺不自在，于是把头埋下了。

颜舒舒快嘴地问："喂，肖哲同学，你在看什么？你是不是输得很不服气啊？"

没想到肖哲却没理她，而是仍然目不转睛地看着我，说："马卓，我想请教你一道题。"

说完，肖哲把一大本起码有三百页的练习册摔在我桌上，指着一道被铅笔涂得几乎乌黑的题目问我："你能想想这道题吗？我一直不是太明白。"

我傻傻地看着那道题，不知道他葫芦里卖的什么药。

我把书接过来，有些被动地盯着那个题目看的时候他又发话了。"马卓同学，请问你平时都看什么参考书？"

"没什么呀。"我抬起头，缓缓地回答他。

"马卓同学，你不需要这么保密吧？"他推推鼻梁上的眼镜，一把把他的砖头书抱走，"哐当"摔在自己的座位上，惊得我瞠目结舌。

我早就听颜舒舒说过，肖哲，是天中初中部的四大天才之一。他平时沉默寡言，曾因岳飞得到灵感，找到纹身师要求在自己的背部纹上"清华北大"四字而引起全校哗然。这次没有拿到全年级第一的他，好像对我颇有意见。

不过颜舒舒对此却有不同看法。"他看上你了！"她用手指着肖哲的背部，张大嘴巴对我做出这五个字的口型。

"我跟他是初中同学，我用我的人格保证，你是他第一个主动说话的女生。初中三年，跟他说过话的人不超过五个，女生不超过零个。"她振振有词地总结。

可惜，恋爱这种事，我向来不感冒，而对优秀的男生，我更是不感冒。我的心里除了超过他们，从来都不可能有别的想法。

月考之后刚过一周，就是放月假的时间。那一天阿南早早站在一辆蓝色的小型货车前等我。一看到我出来，他就连忙上前，帮我把东西都提过去。

"累不累？"他认真地问，"在学校里待这么久，憋坏了吧？"

"还好啦。"我应他。他知道我不是喜欢到处乱跑的女生，却依然担心我受不惯别处的拘束，我的心微动。

送他的礼物被我包好放在自己的背包里，我大大方方把它背在身后，不必担心阿南发现。我要给他一个惊喜，一定。

颜舒舒骑着自行车，从学校里冲出来。她一边挥手一边叫我的名字："马卓！老爸车子来接啊，真幸福！假期愉快哦！"

我也挥手对她道再见，阿南笑着问我："好朋友？"

我知道，他了解我的性格，难免会担心我离家在外的日子会寂寞。我若有个朋友，他心里会好受许多。

于是我有些违心地点了点头。其实也不是说颜舒舒哪里不够好，她对我已经足够好，只是我心里总是对"好朋友"这个词有种莫名的拒绝，我担心这是我永远也无法治疗的顽疾，偶尔也为此伤感。

正当我们上车的时候，忽然听到身后有人喊我的名字："马卓！"我回头，居然是爽老班。

我连忙介绍说："爸爸，这是我们班主任爽老师。"

"哎呀，马先生你好。"老爽立刻把手伸出来，对阿南说，"你生了个好闺女！这次考试全年级第一呢！太长你的脸啦。"

"真的？"阿南笑着答应，也用赞许的目光看我。从小到大，已经不止一个老师认为他姓马，他却从来都不辩驳。

"真好，真好。"阿南搓着手对老爽说，"老师什么时候有空，到我家坐坐？"

"好啊！"老爽爽快地答应，然后骑上他的自行车远去了。

估计阿南一定是高兴得忘形了，他看着老爽的背影，竟然冒出一句让我差点晕过去的话。"你们老师挺帅的啊，一定有很多小姑娘喜欢他的吧。"

我白他一眼，他嘿嘿笑着替我把东西拎上了车。

第一次放月假回到家里，我就像个海归的大学生一样受到了空前好的待遇，奶奶和阿南整了一大桌子菜，不停地让我吃啊吃，就好像我在学校里被饿了整整两个月。

他很高兴，一个人倒了些酒，自斟自饮，连邻居来串门他都忍不住向别人汇报。"我们马卓这次月考，考了天中的全年级第一，是不是很厉害？"

他从来都是一个谦和的人，可是却真心地为我骄傲，从来不去掩饰。

吃完饭，夜幕已经降临，他一边帮奶奶洗碗一边唱着歌。如果不是很高兴，他从来不哼这个曲子。我后来才知道，这是一首叫作《忘不了》的老歌。

忘不了忘不了

忘不了你的泪

忘不了你的笑

忘不了落叶的惆怅

忘不了那花开的烦恼

他的嗓音仍然与七年前无异，只加了少许的沧桑。不知他是否还记得，七年前的他唱歌时的心情？

吃完饭，我回到我的小屋。家里一切都没有变，看得出，为了迎接我的归来，奶奶还特意打扫了卫生，我桌上的那面小镜子被她擦得锃亮。我看了看镜子里的自己，竟然在眉眼间看出些她的味道。不知为何，我把镜子反过来，盖到了桌面上。

秋天的夜晚已经有些微凉，我从背包里把给阿南的鞋子拿出来，轻轻地拎上，去敲他的门。

他正在算账，电脑在他身后一闪一闪地亮着。

"马卓，有事？"他打开门，摘下他刚配的新眼镜问我。

我蹲下身，把鞋放在门口。

他惊奇地看着，说："给我的？"

我点点头，背着手说："四十岁，生日礼物。"

"哦。"他仰着头想了想，"好像是快到了。"

说完，他埋下身子，用两手把鞋拎起来，回到房间他的摇椅上坐下，仔细端详着那双鞋，笑容在脸上慢慢展开。我跟着走了进去，那一刻我们都没有说话，看到他的笑容，我的心里像是忽然盛了满满一壶水，就要全部倾覆下来。

"你是不是省吃省喝了？"他把鞋放下来，板着脸问。

"没。"我说，"你试试，合不合脚？"

"以后再不要给我买东西了。"他嘀咕了一句，却还是很快地脱下拖鞋，把脚放进去。

"好看。"我说。

他开心地来回踱了几步，还仰天傻笑了几声，却又连忙坐下来，换上了拖鞋。

"为什么不穿着？"我问。

"这么新，留着以后穿。"他把那双鞋慎重的放进鞋盒里，还伸手抚了一下鞋帮，虽然什么灰尘也没有。

"是她叫我买给你的。"我轻轻地说。

他抬起头，惊讶地说："谁？"

"妈妈。"我说，"有一天晚上，我梦见她了。她说，要我给你买双鞋，你的四十岁生日就要到了。"

"你真的梦到她了？"他问。

我重重地点点头。

"她还是那么漂亮吗？"他轻声问，问完了仿佛忽然发现自己的傻，并不看我，而是把那双刚刚收好的鞋重新放在膝盖上，打开盒盖，手指在上面摩挲着，低着嗓子说，"她在天之灵看到你现在这样有出息，也该放心了。"

说完这句话，他忽然无法自禁，捂住脸，哭了。

七年来，我们第一次又重新谈起她。在这个哀伤且适合回忆的秋天夜晚，喝了酒的阿南，像当年她离我们而去时一样呜呜地哭了起来。

那是相隔七年之后，我第一次看到他哭。我真的知道，他一直一直都没有忘记她。

我走近他，把手放在他的肩头。我想用手心的温度告诉他，她和他的女儿——我，和他永远都会在一起，永远都不会分开。

好久以来，我都不能理解一个男人的心酸，直到很多年以后，当我看那部叫作《胭脂扣》的老电影，听到张国荣幽幽地唱"只盼相依，哪管见尽遗憾世事；渐老芳华，爱火未减人面变异"时，才忍不住落泪，也才明白他那颗冰封了大半辈子的心。

那晚回到自己房间，我直到半夜才能入睡。我的脑子里像有很多小人在飞舞，搅得我难以合眼。我把开学到现在发生的一切都回想了一遍，却越回想越不是滋味，一种奇怪的躁动在我心里滋长，说不清，也道不明。

我很想知道，我到底怎么了？

难道这就是成长的滋味么，那么酸那么痛却也带着丝丝的甜蜜的醒悟，我该用怎么样的心态，才能好好迎接将来那些不知道会发生些什么故事的日子呢？

_ 06

返校日很快就到了。那天店里特别的忙，我让阿南别送了，我自己坐公共汽车回校。

好在长途汽车站离我家不远，走路也不过十五分钟。阿南叮嘱了我几句，就跟着一个客户走掉了。我背上我的大书包，决定步行去车站。我还记得，那里有家小面馆的面相当好吃，初中时，我常常在那里吃早餐。所以，当我经过它的时候，不自觉地放慢了脚步。

可我万万没想到，竟然会在这里遇到他。

小面馆生意很好，坐满了人。他坐在外面的一张桌子上，好像还在等面条煮熟。我真搞不懂，他为什么会到县里来，又为什么会在这个小面馆里出现。我先认出的是他的那顶帽子，那标志性的帽子今天被他反扣在脑袋上。等我反应过来是他的时候，我脑袋里"轰"地响了一声，我放弃了吃面的想法，准备从旁边悄悄溜过去。

然而，我的头刚低下去，就被他认出来了。他在我身后大声地喊我："喂，美女，请留步。"

众目睽睽，我的脚像被胶布粘住了，动弹不得。

他对我笑着，用一种近乎于命令的语气对我说道："你过来！"

我白他一眼，继续往前走。他伸出手，一把拉住了我的胳膊，懒洋洋地说："没听见我说什么吗？"

"放开。"我尽量镇定自己，用尽全力瞪着他，努力做出一脸凶相。

"如果我不呢？"他一字一顿地说，还左右摇着脑袋，用一种奸诈的眼神看着我，"你是否打算放声尖叫？"

我当然不会叫，我只是想甩开他，不过我压根做不到，好像我越挣扎，他抓得越紧，我觉得我的胳膊都快要被他拉断了。

"放轻松，我只是想请你吃碗面。"他说，"你那天帮了我，我还没有好好谢谢你呢。"

"不用了。"我警告他，"你要再不放开我真叫了。"

"我还真想听你叫。"他的脸凑上来，靠近我，仿佛看穿了我内心的愤怒和恐惧，却强忍着自己喜不自胜的心情。

我放弃了与他的对抗，在他旁边的木椅子上坐了下来。

"很好。"他松开我，满意地说，"我就喜欢女孩子乖乖的。"

可就在他说话的瞬间，我已经跳起来，往另一个方向飞速地逃离。

他并没有追上来抓我，这让我大大地松了一口气。我到车站买好了下一班回市里的车票，去了一趟洗手间，用凉水好好地洗了洗发烫的脸，手臂上被他拉过的地方一直隐隐地痛。我恨死了自己今天的犹犹豫豫，并下定决心，下次要是有人胆敢对我如此无礼，我一定当机立断地抽他一耳光，不然我就不是马卓！这么想着，我心里好受了许多。可是，当我坐到车上去的时候我惊呆了，阴魂不散的他居然也在同一辆车里。而且，他好像早就知道我要上车一样，本来他用帽子盖住脸，仿佛睡着了，可我一登上车，他就像亮相似的，忽然把帽子一把从脸上揭下来，一条腿跷到半空中看着我，胸有成竹地笑了。

我看了看我的票上的号，还好，我还没倒霉到那个地步，我们不坐在一起。

我的位子是靠窗的，旁边坐着一个中年男人。我坐下，掏出我的英语复习资料看起来。然而好景不长，很快，就听到有人在旁边说："能换个位子吗？我想跟我女朋友坐。"

又是他！

我吃惊地看着他，像看一个化成人身的妖魔。

在我还没来得及说出第一句话的时候，那个中年男人居然同意了他的要求，夹着皮包，缓缓站起身来，坐到他的位子上去了。

我的天。

对付这样的小流氓我没有任何经验，但我知道我不能慌，越慌他会越得意。于是，我铁了心不理他，当他不存在，视他若空气。我把MP3掏出来，塞上耳机，闭上眼睛，假装睡觉。

我倒看他还有什么花样可以耍。

MP3里放出的是我喜欢的王菲的歌，她唱："我也不想这么样，反反复复，反正每个爱情都是结束……"我喜欢王菲的声音，喜欢她的每首歌的旋律，还有那说不清也道不明含义的歌词，对我也有一种说不出的吸引力。

可是，就在我听到酣处的时候，耳塞却被人拉掉了一只。

"听什么呢？"他恬不知耻地把耳塞塞进他的一只耳朵，饶有兴趣地说，"好音乐要知道共享。"

我觉得我就要吐血了。

"王菲？"他皱了皱眉头，"有你这么老土的女生么？"

我试图把耳塞抢回来，他却用手死死地抓住它不放："旅途寂寞，既然我们这么有缘，聊聊如何？"

我冷冷地说："对不起，我想我们没什么好聊的。"

"你真奇怪。"他摸了摸他的鼻子，无比自恋地说，"你去你们天中问问，要知道有多少女生都梦想着有此时此刻！"

"梦个屁！"我再也忍不住了，狠狠地骂了他一句对我来说已经是限制级的脏话，然后愤愤地把头转向窗外。

其实我只是不想让他看到我难看的大红脸。

"不理我？"他说，"我数一二三，你不转头可不许后悔。"

我不知道他又要搞什么花样，更怕他做出抓住我的胳膊大喊大叫的惊人之举，赶紧把头转了过去。

他很认真地看着我，对我说："告诉我你的名字。"

"凭什么？"说实在的，我厌恶极了他说话的语气，厌恶极了他的自以为是和没脸没皮，帅能当饭吃吗，再说他的样子也不帅，越看越难看，越看越像小丑。真不明白天中的花痴女生们到底喜欢他哪一点！

"凭我现在对你有点小兴趣。"他慢悠悠地说，"不知道这个理由充分不？"

"滚！"我忍无可忍。

"哎哟，马小卓同学。这可是你第二次说粗话了，别说我没提醒你！"

我无比惊讶地看着他。他……怎么会知道我的名字？见我的傻样，他哈哈笑起来，我低头，这才猛然发现，我手里一直拿着的英语参考书泄露了我的秘密。

我下意识地伸手去遮书上的名字，很快又反应过来这真是个愚蠢到家的举动，于是我的手就像被点穴了一样停在半空中。他了然于胸地看着我，用一种讥讽的语气说道："遮！快遮！再不遮我就要看见了！"

我真想揍他。

幸运的是，接下来他好像失去了捉弄我的兴趣，兴许也是太累了，他向我做了一个休战的手势，然后很快睡着，整个人呈僵死状，还发出轻轻的鼾声。我松了一口气，把耳机重新戴起来，总算一路安稳地到了市里。然而，车子在车站停下，其他人都下车了，他却丝毫没有要醒来的意思。

最重要的是，如果他不起身，我就没法走出去。

"喂，请让一下。"我喊他，他没反应。

我气不打一处来，狠狠踩向他的脚。"叫你让开！"

他居然还是没反应，连眼皮都不眨一下。

天下竟有能睡得如此沉的人，真是闻所未闻！我轻呼一口气，准备从他身边挤出去，谁知道刚挤到半途，他却忽然睁开眼，伸出双臂拖我一把，我整个人面朝着他，跌落在他的怀里，我们的脸隔着很近的距离，甚至连他脸上的毛孔都清晰可见。他居然抽得出空对我做了一个像猩猩似的鬼脸，把我吓得差点尖叫。也许只是一秒吧，可这一秒，却比我生命中任何一秒都要漫长，痛苦。

我奋力地推开他，挣扎着站起身来，在他得意的哈哈大笑中，我逃也似的下了车，却与一个人迎面相撞，差点摔倒。头晕加上脸红，再加上我能够预料到他正目睹我的惨状在我身后狂笑不已，这一切让我尴尬得恨不得死掉才好，只能使劲埋着头飞快地逃走。

直到冲到回学校的公交车上，我才反应过来，好像刚才我撞到的不是别人，正是校花于安朵，难道，她是在那里等他的吗？

那天晚上的晚自习，我上得魂不守舍，我一直在想，我这算不算被人"调戏"了？我甚至想到了另一个词——性骚扰。这让我像生了一场大病一样无比难受。偏偏肖哲又向我请教问题，他这次的态度温和了许多，可我却脸色难看地看着他说："对不起，我也不知道。"肖哲的脸色比我更难看，他一直盯着我，脸越来越白越来越白，就在我感觉他快要晕过去的时候，他猛地转过头去，生气地捶了一下桌子，又大声朗读起古文来。

我崩溃地趴在了桌上。

颜舒舒看着我说："你好像有心事？"

废话，我当然有心事，我正在心里暗暗发誓，下次回家再也不搭公共汽车，要不，就让阿南送我。

这样的事情，如果再发生一次，就让我直接死掉算了。

_07

那天晚上临睡前，我才发现，我的MP3丢了。

这是开学前，阿南刚给我买的。他花了一千多块，我竟然这样轻而易举地弄丢了它！想都不用想，一定是在公共汽车上跟他纠缠时弄丢的，想到这里，我简直恨不得现在就冲到那个流氓面前，扇他一耳光！

正当我在为此事极度郁闷的时候，有外人冲进我们宿舍，是个胖胖的女生，样子看上去很凶，开口就问："马小卓呢，给我出来！"

我已经上床了，从床上探起身，听到吴丹对她说："我们这里没有马小卓，只有马卓。"说完，吴丹的手径直指向我。

胖女生头上别了一个和颜舒舒同样款的发卡，直直地朝我走过来，劈头盖脸地对我说："就是你？"

"什么？"我完全不明白状况。

她从口袋里掏出一样东西，啪的一声放到桌上，问我："这个是你的？"

我一看，那东西不是别的，正是我的MP3。

"你在哪里捡到它？"我迷惑地问。

"别装傻了。"胖女生忽然把我书架最上端的那面小镜子拿下来，拍在桌面上，没好气地嚷嚷道，"你照照你自己！你全身上下，哪里有一丁点比得上安朵？把你的东西收收好，国产货，还好意思在这里丢人现眼！"

我还蒙着的时候，她的声音又继续升高："你干吗一脸无辜？成绩好就可以抢别人男朋友？乡下妞，你最好给我老实点！"

甩下这句铿锵有力的话，她就转身走出了宿舍门。

我坐在那里足足愣了一分钟。抢别人男朋友？谁能告诉我这是什么意思？

无论这是什么意思，我想我都被她狠狠地打击到了。当天中史上最可笑的校园八卦新闻"乡下妹子马卓以MP3为礼物，想和校花于安朵争男朋友"的消息传得沸沸扬扬的时候，我才从颜舒舒的口中得知，那个胖女生就是于安朵最好的朋友王愉悦。

她那天晚上以侠女的姿态闯进我们宿舍不为别的，就为了替于安朵出口气。

而这个时候，另一条让人匪夷所思的消息又迅速传播开来——校花于安朵为情所困在宿舍自杀未遂，全校惊动。而王愉悦已经四处放话，就这两天，一定要找人灭了马卓！

"王愉悦这片大绿叶，叶绿素充满了她的笨脑瓜！"晚自修时，颜舒舒愤慨地用笔敲着桌子，对我侃侃而谈，"初中时我们三个一个班，她老爱和于安朵玩，别人都管她叫大陪衬，我好心告诉王绿叶小姐，没想到她大骂我一顿，把我气得半死！她脑子一直少根筋，你不用跟她一般见识。也别怕她，她要真敢动你，我就敢动她！她还真当自己是黑社会咧！"

"哦。"我愣在那里，机械地应着，眼睛直直地看着窗外，头脑一片空白。

"马卓马卓！"颜舒舒又拉着我的胳膊，担心地喊我，"你别乱想了，好不好？有我罩着你你啥也莫怕！"

"颜舒舒！"肖哲却忽然转过头来，很凶狠地瞪着颜舒舒，"晚自习请保持安静！"

说完，他迅速转过头去，埋下脑袋，哗哗翻书。

颜舒舒把笔握在手里，仿佛拿着利剑一般，做出一个扎穿他脊背的动作。

就在这时，爽老班忽然走进了教室，吓得颜舒舒立刻把手缩回去。他径直走到我面前，敲了敲我的桌面，说："马卓，你出来一下。"

我离开了座位，跟着老班来到他的办公室里。一进办公室，我就呆住了。校长，副校长，年级主任以及隔壁班班主任，他们正端坐在椅子上，神情凝重地看着我。

"马卓同学，今天是想跟你了解一件事……"

可是……可是……我一直想说，这件事关我什么事？

那天在办公室待的半个小时，或许是我这辈子最窒息的半个小时。我在所有老师挑剔的目光中安静地站立着，耐心地回答他们的提问。

"认识于安朵吗？"

"知道于安朵的男朋友是夏泽吗？"

"你和夏泽认识？是在什么时候？"

直到那天，我才知道那个名叫"毒药"的家伙，原来真名是夏泽。我用尽量平静的口吻回答着一切着边际或者不着边际的问题。只不过，我并没有说出发生在华星的那一幕。

这是我第一次在这么多领导和老师面前有所隐瞒，心里的不安和耻辱大过天。当我走出办公室时，一直等在外面的颜舒舒看见我的脸色，忍不住一把拉住我的手，说："你想哭，就放声哭吧。"

可是，我没有哭。我一丁点都不想哭。我只是觉得很困，想倒在床上睡一觉就好。

我只希望他们不要告诉阿南。我私下求老爽，并向他保证这些事真的与我无关，我只是不想我爸爸为此担心。爽老师点了点头，甚至有些愧疚地拍拍我的肩膀，说："马卓你知道，发生这些事，学校不可能不调查。千万不要有心理压力，在我眼里，你一直是一个非常优秀的学生，我相信你。"

我心里对老爽的感激，无法用言语来形容。

那些天，我强撑着上课，脑子里却一直像堵着一团棉花一样，常常一天都通不了窍，连握笔的手都是软的。就这样，我终于生病了。

可就在我生病的第二天傍晚，只在手腕上割了一个小口子在家躺了一两天的于安朵小姐居然来找我。

据说，当时她先是站在教室门口，身后还跟着她的好朋友王愉悦。后来，她把王愉悦支开，一个人走到我座位旁边的那扇窗户后站定。那时我正在灌一大杯热水，压根没有注意到她。她的手指在窗户上敲了敲，这下整个班都看到了她，一看到她，他们就立刻着魔般地窃窃私语。

寻仇？我唯一想到的理由。

但我还是当机立断地从座位上站起来，不卑不亢地走出了教室。有些事情，我也一样想跟她说清楚。

我前脚刚走出教室，就立刻听到身后的窗户纷纷被打开的声音。

大家都在等着看一场好戏。

时值深秋的黄昏，天气很凉。我因为生病的缘故，穿得很臃肿，还围了一条红色的围巾，站在小腿赤裸只穿一条牛仔短裙、长发微卷、下巴消瘦的于安朵面前，仿佛丑小鸭面对着白天鹅。

不过我真的并无任何畏惧和自卑。

"是找我吗？"我鼻音浓重地大声说。

"马卓，对不起。"于安朵忽然对我一鞠躬，大声地说，"有些事，错怪你了，给你带来困扰，请不要介意。"

说完这些话，她转身就走掉了。

谁能告诉我，这是怎么一回事？

我一转身，却看到了令我惊奇的景象：几乎全班所有人都趴在窗口静静目睹了我和于安朵之间发生的一切。

而颜舒舒更是站在了凳子上，第一个鼓起掌来。她一边奋力鼓掌，一边大声说："谣言终于澄清了！瞎说的人，查看一下自己的舌头，到底烂掉没有！"

无论这件事发生的有多么莫名其妙，好歹，它总算是别别扭扭地过去了，谣言渐渐止息。虽然在以后的那几天，我常常辗转反侧揣摩事情的经过，却依然想不明白。只不过这场病生得绵长而持久，发展到后来，每次上课时，我总是忍不住要打喷嚏。最莫名其妙的是，我一打喷嚏，大家就笑，仿佛我进行的是一场滑稽表演。更莫名其妙的是，他们一笑，我的喷嚏就打得越发厉害，收也收不住，于是全班就笑得同样一发不可收拾。

我坚持着没去看病，而给我买感冒药的人，是肖哲。他下课时把感冒药偷偷放进我的文具盒，还附有一张字条：让那些心灵充满垃圾的人死一边去吧。

我当然是感激的。

我该怎么说肖哲呢，他真是个奇怪的男生。

我曾亲眼见他被好多男生聚拢在中间，他们往他头上泼水。体育课的时候，他们又一起把他抬进沙坑里，灌得他满身沙。奇怪就奇怪在，他从不反抗。只是等肇事者散去之后，他才慢吞吞地皱着眉头，轻轻抚去身上的脏东西，就好像他刚才只是不小心摔了一跤似的。

他总是独处，沉默寡言，行为怪异，但是成绩特别好。有时，我竟然觉得我们之间似乎存在着某种相似之处。比如，虽然大家和我关系处的都并不差，但毕竟，我也还没有一个可以称得上要好的朋友。

所以当我第三次看到刚刚从厕所出来的男生用湿淋淋的手去摸他脸蛋的时候，我给他递过去一张消毒纸巾。

他缓缓接过纸巾之后，摘下了自己的眼镜，挥着胳膊来回擦拭眼睛，不知道是水还是泪。

"以后别让他们欺负你。"我对他说完这句话，继续埋头做我的作业。

我知道每个人都需要尊严。无论弱者强者，即使他正在被欺负。我愿意尊重每一个人，也是因为我曾经深谙不被尊重的滋味，那种感受就像吃到一枚发霉的水果一样，常常会让人难受上好几天。

颜舒舒对肖哲却有不同的看法："性格孤僻的人，总是做出惊人之举，马卓，你可要小心哦！"

其实我最要小心的应该是我自己，似乎自从上次放月假回来，我就开始常常感到不适。有时失眠，有时又胃痛得很，有时上课还会走神。我很少上课走神，这让我非常痛恨自己。颜舒舒又向我推荐："昏昏欲睡，脸色枯槁，请用VICHY（薇姿）醒肤面膜。"我给了她一个欲言又止的眼神，她就讪讪地叹了口气，收起了她的面膜包。有过这么多次推销不成功的经验，她也已经学会适可而止。

我吃了肖哲给我买的感冒药，睡得很沉，且多梦。不知道是不是药是他买的缘故，那天晚上我梦到的居然是肖哲。我梦到他手拿一把刀子，一路追着颜舒舒，一直把颜舒舒追到角落里，他却忽然把刀放下，对颜舒舒下跪，大声哭泣，请求她的宽容，而颜舒舒却举起了那把刀，似乎向我追来……

这场连环杀人梦冗长而费劲，我醒来时，满头大汗，仿佛自己的身体一夜之间瘦了好几斤，只觉得很饿。

颜舒舒一边擦着面霜，一边看着我的脸说："恭喜，你好了。"

风波渐渐过去，身体也渐渐恢复的我，心情也不错。肖哲开始每天出一道难题考验我，有时是物理有时是数学，有时甚至是英文翻译，每天清晨早读课之前就准时放在我的课桌上。

而我也会把题目的答案在晚自习下课前的几分钟里准时放在我桌子上，等他转身取走它们。

渐渐地，这成了我们之间心照不宣的事。对这样能提高学习成绩和思考能力的事，我何乐而不为。况且，和他这样的学习尖子之间的交锋，对我而言别有乐趣。如果被颜舒舒知道，事情一定会变个颜色吧。

但我对天发誓，每当我做这些事的时候，我的心真的很单纯，像一块擦得干净的玻璃，纯净，透明，清白可鉴。

爱情？

这个词离我一万八千里吧。

　　我常常觉得，我的孤独是与生俱来的。它像一朵沉静的花，独自开放在我的心海里，只有我能懂得它的美，这美让我骄傲、自由和独立。所以，当班里的男生女生开始慢慢习惯高中生活，谈起各种各样形形色色的恋爱的时候，只有我对这些不感任何兴趣。

　　肖哲却继续每天都传纸条给我。

　　常常在那一条冗长的物理题后面，他写上一句小小的话。

　　有时他问：马卓，你觉得撒旦是真正的伟人吗？

　　或者：马卓，你知道人一天平均眨眼多少次？

　　甚至是：马卓，男女之间到底有没有超脱于庸俗的爱情之外的永远纯洁的友谊？

　　这些问题太复杂，我都懒得思考，懒得解答。当然，即使我的心里真的有了答案，我也不想轻易告诉肖哲。我只想告诉我心里的那朵花听，也只有它会懂。

　　颜舒舒问我："马卓，你到底喜欢什么样的男生呢？"

我不知道，真的不知道。

我对男生的好坏、类型、风格，统统没有钻研过，也不想钻研。

然而，却有这么一个人，当我觉得我已经完全忘了他的时候，他却又忽然出现在我的生命里。我逃不掉，就像我从没逃掉过那该死的"宿命"。

那天是一个周末，因为临近期末考试，天中的气氛显得紧张而凝重。我去食堂打饭，队排得不是很长，就在我刚刚打完饭菜的时候，身后忽然有人对我说："同学，能否借一下你的饭卡？"

我转头，竟然是他。

他每一次出现在我的面前，都仿若从天而降，而且更奇怪的是，他穿着我们学校的校服，校服套在他身上挺合身，就像本来就是他的一样，可是没戴帽子，我差点没认出他来。

"我饿了。"他朝我挤挤眼。

也不知道为什么，鬼使神差地，我把手里的饭卡递给了他。

"谢谢。"他接过饭卡，并在饭卡上亲了一口，这才递给食堂的师傅说，"麻烦给我来一份和她一模一样的。"

我端着饭盆往餐桌那边走，发现食堂门口来了好几个保安，他们一直往里面走，好像在找什么人，我的心不由地狂跳起来。"毒药"端着饭盆，一直跟在我身后。在我坐下后，他坐到了我的对面，我看到他的额头上有细密的汗珠。

"谢谢你。"他皱着眉对我说，"你喜欢吃土豆吗？别瞎吃。女孩子一吃这个就发胖。"

"你来这里干什么？"我问他，直觉告诉我，那几个保安和他有关。

"想你了，来看你，行不行呢？"他凑上前来，看着我的眼睛说，"要知道，我可不是一个撒谎高手，句句真心。"

我不喜欢翻白眼，也不喜欢踹他一脚或者打他一下。我知道如果有男生故意要恶心你，你只要装作无动于衷就是对付他最有利的武器。所以我埋下头，挑了最大的一块土豆大口咬了下去。可是，我很快发现，就是这个动作恰恰透露了我其实很在意他的感觉，于是我又慌又急，头顶跟着冒汗了。

他却忽然拿起筷子，把他盘里的鸡肉夹了一块给我。

我目瞪口呆地看着他，他用一种温柔的语气说道："多吃点，你脸色不太好。"说完，他低头，大口大口地扒起他的饭来。看他的样子，好像真的很饿！

保安们从我们身边经过几次，终于出去了。

然后，我看到"毒药"从座位上站了起来，他一直走到我身边，把饭卡轻轻放进了我的校服上衣口袋，然后在我耳边轻声说了句："马小卓，我会记得你的。"

他正要走，我却听到耳边传来"叮咚"的响声，一个金光闪闪的东西从他的裤子口袋里滑落，掉在了地上。"喂！"我不由自主地喊住他，并把地上的东西捡起来递给他，我这才看清，这是一个金佛吊坠，造型小小的，却有些沉。

他回头，立刻把那个小小的金佛攥紧在手里，什么也没跟我说，就迅速从食堂里消失了。

只留我一个人在那里。

我最终没吃他夹给我的那块鸡肉。

真恶心。我狠狠地对自己说。

当天下午，学校里传出了男生楼失窃的消息。

"太神奇了。"吴丹说，"所有没有上锁的门，都被打开了。据说当时还有人在卫生间洗澡，打开门一看，宿舍一片狼藉，吓得差点哭出来！"

"摄像头啥也没拍到？"有人好奇地问。

"拍个屁，总插头都被拔掉了。"吴丹撇撇嘴。

"那个洗澡的男生是你们班的肖哲！"二床的女生是隔壁班的，她一边嚼着苹果，一边不以为然地说，"据说他内裤都被偷了呢。"

"哈哈哈……"她们又一起放肆地大笑起来。

坐在床上看英文杂志的我，把杂志举得高高的，来遮住我那张一阵红一阵白的脸。

我想，我知道干这事的人是谁。

世上真有这么巧合的事吗？

而我，居然借饭卡给他打了饭，我这算什么？

那一天回到教室，男生们的脸色都有些凝重。有好事的男生说："让老子知道是谁，就去灭了他！"

"我的Zippo（之宝），是我初恋女朋友送的呢！"

"这是上演美国大片啊，保安也太菜了点吧！"

生活委员一个座位挨着一个座位登记所有人的遗失物品。她走到肖哲这的时候，刚把登记本在桌上放好，肖哲就对她大喊一声：
"走开！"

生活委员是个说话细声细气的小个子女生，气得狠狠地白了他
一眼，嘴里骂了一句："有病！"

"他的护身符被偷了。他洗澡的时候，把它摘下来放在枕头
边，是个金佛呢，他妈妈临终前送他的。"颜舒舒嚼着口香糖，对
我耳语。

临终？

我用疑惑的眼神看着颜舒舒。

"他初二时他妈就死了。乳腺癌。"颜舒舒了然于胸地解释。

我心里像忽然被什么东西碰了一下似的，缩了一下。金佛？！
我立刻想起来，不就是我递给他的那一个吗？我的脑袋瞬间一片空
白，我下意识地抬头望望前面的肖哲，他正奋笔疾书，面前的英语
书翻得哗哗作响，好像要一口气把单词表上所有的单词都抄写一百
遍才罢休一样。

马卓，你这个帮凶，你犯了一个多么大的错。

因为期末考试在即，就快停止做作业，所以这个晚上，老师布
置了好多的作业。天中的规矩是不论有多少作业，必须在晚自修时
间全部完成，如果拖到课后，宁可不要交。

晚自修大约进行一半的时候，整个教室里异常安静，几乎所有
人都在认真写作业。我的桌子动了一动，我抬起头，看到肖哲从座
位上站了起来。他脱掉外套和毛衣，只穿一件白色衬衣，从教室里
跑了出去。

透过窗户，我看到他白色的身影无声无息地渐渐消失在黑暗里。

我又抬头看看其他人，似乎没有人发觉肖哲的离开，就连他的同桌也是手撑脑袋，麻木地在作业本上划拉着什么。

我趴在桌子上，遥望窗外无垠的黑暗，不知该如何自处。

当我意识到自己又一次被利用的时候，心中真的除了震怒和惭愧什么也没有。我发誓，我恨他，恨他让我觉得自己愚蠢，恨他让我伤害肖哲，恨他让我成为一个和他一样十恶不赦的帮凶。

肖哲整个晚自修都没有出现。晚自修下课时，我内心的自责已经到达顶点，于是借口有问题要问老师，没有和颜舒舒一起回宿舍。

我决定去找他。

一直到半小时后，我才在学校后面一座假山背后发现他。

他的眼镜被扔在一旁，他背对着我，蹲在地上，把头埋进衣领里，衬衣把他的脑袋都罩了起来，半个瘦弱的脊背也露在外面。

一阵寒风吹来，我忍不住打了一个寒战，只穿着一件衬衣的他也瑟瑟发抖。

我不忍心喊他，只能一动不动地站在一旁。

我从没见过一个人这样压抑自己的痛苦，十五年前爸爸去世奶奶的痛苦，七年前妈妈去世阿南的痛苦，奶奶去世我的痛苦，和他这一刻的痛苦比起来，好像都化成一缕不值一提的轻烟，不算什么了。我想，也许是因为至少我的眼泪可以在光天化日之下恣情地流出来，而他却不能，或者，他根本不让自己这样。他只能用一件单薄的衣服把自己包起来哭。

肖哲，对不起，对不起。

我没有叫他，而是悄悄地走了。

那一刻我已经下定决心，我要去找毒药，要回肖哲的东西。

补偿也好，道歉也罢，我只是想把他妈妈给他留下的遗物还给他。我不知道是为什么，也许就因为我们一样都没有妈妈，不是吗？只不过，他的妈妈给他留了护身符；我的妈妈，除了我之外，就再没有给这个世界留下别的什么东西。

校园的公告栏里说，今天是入冬以来第一次冷空气过境，我并不惧怕天气的寒冷，或者说，此时此刻，没有任何东西值得我去惧怕。

我只知道，我必须替肖哲要回他的东西，必须。

为此，就算和"毒药"一起坐牢，我也毫不畏惧。

_ 09

　　走出天中的校门，我才发现天上下起了小雨，这场初冬的雨不大，却密集，打在脸上冰冰凉。雨丝钻进我的鼻孔，我忽然嗅到灾难的气息。这味道源自童年，蛰伏已久，如今它忽然来袭，令我有种手脚冰凉的恐惧。我站在雨里，深深呼吸，想转身而逃，却又身不由己地继续前行。

　　我总是敌不过宿命。

　　黄昏时分，正是技校放学的时候。我选择这时候来，是因为除了守株待兔，我也没有别的办法可以找得到他。红色围巾是我很好的伪装，它可以顺利地挡住我大半张脸，这样或许就没有好奇的目光打探了吧。可是到了这里，我才发现我多虑了。三三两两的男生女生从门口鱼贯而出，有的嬉笑打闹，有的一边翻着杂志一边听歌。这样冷的天气，打伞的人很少。技校的女生好像远远多于男生，她们几乎都穿着清一色短裙，价格不详的中靴，无论胖瘦，都勇敢露出一截赤裸的腿。等了将近半个小时，居然没有一个人注意到我的存在，或者说，没有人愿意注意到我的存在。我低头看了看自己的牛仔裤和有些发黄的旧球鞋，明白了原因。这样更好，不知道为什么，我心里的不安都没了，我把让我感觉呼吸不畅的围巾稍稍拉下来一些，逆着放学的人群，坦然地站在校门边等待。

我又等了一刻钟，人群散尽，校门口终于寂寥下来，有人将大铁门拉上了，只留旁边的一扇小门。我没见到他，像他这样的人，或许天天逃学都不一定。等还是不等？我内心稍稍挣扎了一下，最终偃旗息鼓，决定离开。

就在这时候，身后忽然有人说话。"你是找他吗？"

我惊讶地转身，看到的是于安朵。

我从颜舒舒那里认识了"E-LAND（衣恋）"这个牌子，可是我第一次知道有人可以把这个只会做校服风格的牌子穿得这么好看。她打着一把蓝色的伞，没有露腿，纤长的牛仔裤外面松松的套着可爱的娃娃靴。第一次近距离看她，才发现她真的是美，皮肤像一张白里透红的玻璃纸，唇上只是稍许点了果冻般的唇彩，整个人就好似充满光芒一般。

我好像只顾研究她的长相，忘记了回答她的问题。

"我知道他在哪里。"于安朵说，"你要是愿意帮我一个忙，我可以告诉你。"

"好。"我说，只想看看她到底有何意图。

她把伞递到我手里，取下她背上红色的小背包，从里面掏出一个信封，递给我说："麻烦你转交他，告诉他今晚十点，我会在老地方等他，谢谢你。"

那是个白色的小信封，散发着香柚的味道。我曾听说，香柚的味道可以让人感觉你年轻了十岁，不知道于安朵是不是因为这个原因而喜欢它。不用说，一定是情书，可是她为什么不自己交给他而让我转交呢，难道他们之间又出了什么问题吗？我犹豫着，不知道该不该伸出手去接信，她却已经把我的手抓起来，像合拢一个纸团一样团起我的手，替我抓牢了它。"进门后左边第一栋教学楼，三楼第二间教室，他一定在里面。去吧。"

"可是，"我拿着信，"找不到他怎么办？"

"一定在的。就是麻烦你提醒他，十点钟，千万别忘记。"说完这句话，她立刻转身离去。

"喂。"我喊住她，"你的伞。"

"你用吧。"她回头，嫣然一笑，从背包里取出另一把伞，打上走远了。

一模一样的蓝色的伞。一个人在背包里放两把同样的伞，真搞不明白是为什么。

我从小门钻了进去。侧头看了看，一旁的传达室空空如也，这也不像天中，二十四小时都有两个强壮的保安，门神一般在校门口晃荡，踱步。但能有什么用呢，还不是让一个混混轻而易举洗劫一空？这样一想，不由得替重点中学百年天中感到些许悲哀。

我很快找到了于安朵说的那幢教学楼，把伞收起来疾步上了三楼。楼道上很安静，但刚爬上三楼我就听见了不小的动静，我循着声音快步走过去，从第二间教室的窗口望进去的时候，我停下步子，惊呆了。

有人在打架。

四五个人，围着一个人。被打的人被一个人从后面死死地捂住了嘴，叫不出声，他嘴角在流血，胸口正被另一个人一脚狠命地踹过去，他连同身后的人被踹得退了好几步，眼里喷出的怒气像火一样燃烧。

我情不自禁地尖叫出声。

因为我认出来了，被打的不是别人，正是毒药。

随着我的尖叫声，那几个男生停止了对他的殴打，把他像扔破皮球一样的，慢慢地，慢慢地扔到地上，然后，他们居然没有着急落荒而逃，而是摇摇晃晃地从后门走出来，好像刚刚干完一件美差那样。看得出来，他们也许只是打累了，而不是因为害怕。他们经过我身边，其中一个还不怀好意地吹了声口哨，唾沫星子差点飞到我脸上，恶心得让我想吐，我迅速地把我的武器——红围巾往上拉了拉，捂住了整张脸。等那帮人飞速地下了楼，我推开了教室的门，走到了他的面前。他半躺在那里，无声无息，让我完全摸不清他的状况。

"喂。"我蹲下，轻声唤他，"你没事吧？"

他终于抬起头来看我，嘴角上的血迹仍在，眼睛显得还算有神。我稍稍放心，从口袋里取出餐巾纸递给他，他却并不接，仿佛在等着我去替他擦拭。他眼睛里放射出一种让我无法抗拒的莫名的光，我不能控制地伸出手，胳膊却被他握停在半空中。

"马小卓。"他用审视的眼光看着我说，"你是何人？为何每次都在我最危难的时候出现？"

他的手是如此的有力，好像在跟我过招一般。我想抽出，却没有力气，或者说，全身都要了命地失去了所有力气。我不由自主地上下牙齿紧紧咬合，以至于不知道如何启齿。

"问你话呢！"他咄咄逼人。

我终于吐出一个单薄的字："不。"

他笑了。"暂且饶过你。等我恢复一下再慢慢审你。"说完，他终于放开我的胳膊，慢慢地从地上爬了起来，站直了身子。

"不要紧。"他甩甩手臂，语气好像是在安慰我，"打架是家常便饭。"

"是被人打。"我的思维和口齿一同恢复清晰，立刻纠正他。

他没理我，而是背过身，拿出电话拨打。

"快来接我。"他说，"大爷的，我被暗算了。大帮那个小人，吃里爬外，你找人给我弄死他！"

趁着他打电话，我退到教室的门边，思忖着该如何开口向他要回小金佛。

"你要不还我，我就报警！"

"请你还给我吧，它对我一个同学很重要。"

"我很喜欢它，一直想买买不到，要不你卖给我吧。"

……

好像每一个理由都很牵强，我还没在心里整理出最佳答案，他已经收起电话，向我招手说："Come on（过来）！"

我的脸因为愤怒而变得通红。我当然不会过去，而且我讨厌并且鄙视他的口气。他居然在我面前卖弄起了英文。"come on"是他看过几个粗俗广告就可以随便乱用的？他知道"come on"究竟有几个意思？他是不是见谁都会招招手说"come on"呢？我想他应该明白，我和那些女孩子是不一样的，如果他以为我和她们一样会乖乖受用，那他就是大错特错！

于是我站在门边，动也没动。

他歪着嘴笑了一下："你想我了，是不是？"

我果断而飞快地摇头。

"七岁时我就知道，女生摇头代表着点头。"他捂着刚被狠踢过一脚估计还没缓过劲来的胸口，慢慢走到我面前，满意地欣赏着我脸上仍然没有褪去的红晕。

"还给我。"我说。

"什么？"

"小金佛。"我说，"食堂里那个。"

他好像努力回忆了一下，然后皱着眉问我："是你的？"

"不是。"我说。

他故意伸出他那只沾着血迹和地上污垢的脏手，装作漫不经心地在我的红围巾上用力擦了擦。我一把把围巾扯掉，丢在地上，一股凛冽的冷气灌进我的脖子里，我禁不住全身一颤，潜伏的咳嗽就要呼之欲出，我用力咽了一口唾沫，不想让他看出我的惊慌。他自以为了如指掌地压低声音盘问："是不是——定情信物？"

"胡扯！"

"你能说长点的句子吗？"他忽然笑起来，"你跟一般小妞还真不一样，她们是明骚，你是——"

他把那个"是"拖得老长，指望我的脑子会自动填空，我才不会让他得逞。我仍然保持冷若冰霜的表情，对他充耳不闻。他知道我不上当，就顿了一下，自己解释起来，说："她们是明明怕我，却要装出一副不怕我的样子来，你是明明不怕我，却要装出一副怕我的样子来，有趣。"

毒药，人如其名。我觉得我就快被他颠三倒四的烟雾弹弄晕过去了，更何况我对他绕口令一样的句子丝毫不感兴趣，于是我加快了语速对他说道："你要是不肯还，我会报警。"

"你说什么？"他好像被我的话惹怒了，更加上前一步，紧盯着我的眼睛，"你丫给我再说一遍！"

"报警。"我只重复了最关键的两个字，不知为何，看着他略显抓狂的样子，我反而觉得没什么好害怕的了。

不知道是不是我掩藏不住的得意表情进一步惹怒了他，他把手伸进裤子口袋，掏出来一样东西，用它抵着我的腰部，咬牙切齿地说："你尝过被一把刀捅进身体的滋味么？我的女英雄。"

言语间，他已经用了力。

我感觉到轻微的疼痛，又好像不是很确切，是春天在老家，放满水的灌溉渠旁，赤脚奔跑时脚趾刮到的路边的草叶，那样柔柔的痒痛。

哦，原来被刀抵住的滋味也不过如此。我的心绪开始要命地游离，我竟然想起了她来，不知当年的她，在生命的最后一刻，是不是也有这样的思忖和感受呢？

"你在想什么？"他好奇地探身，我已经闻到他的鼻息，我的后背贴着墙，前面是他的刀，我索性迎着他的目光，甚至带着微笑，且闭着双眼。

不知道这充满挑衅的受死表情会不会反而激起他的嗜血细胞，让他真的一不留神向我扎来呢？

可是奇怪的是，我真的不怕，一点也不怕。内心对她的怀念和怜惜浇灭了我对死亡的恐惧，哪怕是面对冷酷的刀尖。但是，我无比后悔地想：我真的不应该救他，而且是一而再，再而三。这个混账，不仅是欠扁，早就该去死，不是吗？

我和他继续对峙。一秒过去了，五秒过去了，十秒过去了，甚至也许是好几分钟过去了。

"哈哈。"他终于自我解嘲地短促地笑了笑，把刀灵巧地收回他的口袋，脸凑到我的脸上。可是，他却刹那间转变了姿势，歪过头低下身。他的呼吸仿佛凝固在我的脖子上，还有他嘴角的血迹。

他是想要做什么？

那一瞬间，我承认我有些灵魂出窍。所谓的大脑一片空白就是如此吧？我很久没有被人这样亲近。这不禁让我想起年幼时粗鲁地搂过我的一个和我同年的小女孩。她喜欢吃冰淇淋，就住在我家对门。我一时想不起她的名字，只记得她的眼神，以及从她嘴里吐出的恶毒的字眼。"林果果，妓女。"我觉得我从没想起过她，是因为我想离一切的"恶"远一些，远一些，再远一些。

他充满热气的呼气钻进我的脖子里，顺着我的脖子，游移而下。我情不自禁地打了一个冷颤才清醒过来：他是要侵犯我！

我全身一紧，用力眨了眨眼，却没有想到，他会忽然把头移开，用一种挑衅的眼神看着我，但是，我很快明白的是，那不是挑衅，而是一种嘲讽。

他压根没有想侵犯我，只是享受我的害怕和紧张，如此而已。

在我的瞠目结舌里，他退后了一步，对我挥了挥手，露出了像一个半夜飞车劫持女工的抢包贼那样的胜利微笑，飞快地冲出了教室。

我没有犯傻，连于安朵的伞也顾不上捡，就跟着他拼命往下冲，可是当我一口气跑到操场时，操场上却空无一人。不远处施工的一块地面上，泥潭里有一滴滴水珠溅起，我才想起自己暴露在雨水里。雨开始下得迅疾，我的目的完全没达到，却又莫名其妙地被羞辱，雨点的冰凉让我内心的沮丧更加一泻千里。我紧紧地捏着拳头，恨不得把自己打昏过去算了。我怎么可以这么无知，怎么就忘掉了公共汽车上的一幕，怎么可以指望一个混蛋发一次善心。如果我有他那把刀，我一定把刚才被他碰过的地方割出一道血口子，来帮自己永远记住今天犯下的愚蠢错误。当然，我更想做的是，抓住他，扇他一记耳光，然后，用一根毒针密密地缝上他那张无比罪恶的嘴。可我赤手空拳，冷得发抖，想得再毒也没有用。当我淋着雨，一步一步挨到技校大门口的时候，却忽然见到一辆破旧无比又脏得好像被泥水洗过的小车，一阵东倒西歪地狂飙，接着，在我面前猛地一横。

刹车停住，后面的车门打开，只看到一只伸出的手，还有那该死的声音。"想要你的东西，上车！"

10

或许从小，我就是一个喜欢冒险的女生。以前的我循规蹈矩，只是因为我没有冒险的机会而已。当我坐在车上，被迫紧靠着毒药，一颗心控制不住地怦怦乱跳却又莫名其妙地蠢蠢欲动的时候，我的脑子里闪过的第一个念头竟是这样一个自我评价。

好吧，不得不承认，这实在是有点搞。

毒药又戴上了他的帽子，前面开车的人也戴着一顶跟他一模一样的帽子。我看不清他的样子。他们都很沉默，气氛显得诡异。车子开出去好远才听到前面的人说话，竟是个女的，只是声线有些粗。

她冷冷地说：“你怎么没被打死？”

毒药拍拍我的肩，说：“这位女侠救了我。”我让了一下，但很快发现这只是个象征性的动作，这个车真的很小，后面坐了我们两个，就再没什么空间可言。

女司机一张嘴比毒药还要毒：“常换女朋友本来没什么，可是换得一个比一个丑就是你的不是了。"

"喂，积点口德！"毒药说，"你男朋友秃成那样我都忍了。"

那女的哈哈大笑，说："秃我不管，有钱就行。"

"他有钱没用，你得把他的钱全骗过来。"毒药说，"不然你得意个啥。"

"他现在还有点用，等他再挣两年，"女的恬不知耻地回答，"两年后钱挣够了，我杀了他，远走高飞，何乐不为？哈哈哈。"

"你见过这么不要脸的女人么？"毒药忽然扭过头来问我。

我无心参与他们的打情骂俏，问他："我们这是要去哪里？"

"去杀人。"前面的人抢答说，"要是怕，妹妹请先下。"

"我要小金佛。"我对毒药说，"你要是给我，我就跟你去。如果不给，现在就让我下车。"

毒药好像在闭目养神，帽子一半盖住脸，只露出鼻子以下的部位。他以一种很舒服的姿势后仰着头，发出呼吸一样微弱的声音说："不给，也不让下。"

我当机立断，手摸向车门的把手。只是车门已经被锁住了，我试着用手肘撞，门仍然安然无恙。我伸手摸了摸沾满泥浆的车窗玻璃，暗自思忖如果砸烂车窗不知合算不合算？这样想着我已经转过头来想寻找坚硬到足够撞碎玻璃的东西。毒药坐直，帽子从他的头顶滑落，掉在地上，他没有捡起，而是慢慢俯身，逼近我的脸。这种感觉让我难以自持地想到刚刚他对我的非礼举动，我立刻伸手给了他一巴掌。但是，我的力道太小了，我的手掌接触到他的脸，几乎都没发出什么声响。打完后，我呼吸急促，死死地咬着嘴唇瞪着他，可这压根吓不倒他。他表现得和电视剧电影里所有的流氓一样，缓缓转过头来，然后毫无廉耻地笑了。令我感到意外的是，开车的女人也发出了爽朗的笑声，一边笑还一边抽空对我说："第一次打耳光吗？手劲还需要多练练。"说罢，她用力捶了一下车喇叭，这辆怪车跟着发出一阵怪异的长鸣。

毒药倒是没有对这伤人自尊的讽刺进行一番发挥，而是将一个亮晶晶的弹簧匕首往空中一丢，匕首在半空翻了个圈又被他牢牢握住，向我递过来："我看，你需要工具。喏，来，接住它！"

他邪恶的眼光里掺着调戏的意味，大胆地看着我。我避开他的眼神，一把将刀夺过，开关轻轻一按，锋利的刀片就迫不及待地吐出。我毫不犹豫地一手死死掐住了他的脖子，身体不由自主地扑上去，另一手握刀，刀尖直指他的脖子。

他完全没有任何反抗地被我推进后排座位的角落里，蜷着身子，似笑非笑地看着我。

像在拍大片，我们配合得真是天衣无缝。

"戳。"他没有任何紧张的神色，反而用鼓励的充满期待的眼神看着我说，"对准了！对，就这样！用劲！"口气好像在指挥我杀一只鸡，他甚至故意伸长脖子，头都要顶到车顶了，脖子露出一大截粗粗的蓝色动脉给我看，只等着我放他的血。

我没有使劲，也没有放开手里的刀。我想起一句非常俗的俗话，"死猪不怕开水烫"，原来就是这样。我不是嗜血狂，所以当然不会接受他的建议。但我保证，如果他再激我，我就算不戳他，也要让刀尖在他的脖子上刻下一个流血的叉！我又一次被自己毒辣的想法震惊到了，握刀的手或许是肌肉紧张而有些颤抖，毒药敏锐地发现了这一点，他伸出两根手指，夹住了我手里的刀，然后轻轻偏开他的头，用无比温柔的语气对着前排开车的那个人说："老姐，我终于见到比你更生猛的女人了。"

老实说，我还是很感谢他给了我这样一个台阶下。

车子一个急刹车停住。开车的女人终于回过头来，她拧亮了车内的小灯，在暧昧的黄色光线下，戴着帽子的她也只能看到鼻子以下的部位。不过不知道是不是因为是女人的缘故，她的下巴显得比毒药的要柔和许多。

"你应该杀了他。"虽然帽檐太低，但她微微上扬的嘴角的弧线告诉我她在微笑。这微笑来历不明，意味深长，谈不上友好也谈不上讽刺，"不然，死的就是你。想做女侠，心慈手软可不行。"

我没有吭声。我在座位上坐好，捂住了脸。我谁也不想理，就让我安静一会儿，不然，如果我真的杀了人，请不要怪我。

大约一刻钟后，车子停了下来。毒药先下车，从外面替我打开了车门，他拍了拍我，说："马小卓，下来。"

我从没有想过，在江南，也会有这样的建筑。在此之前，我对自己已经身处半年的这个城市的印象非常有限。除了和颜舒舒一起去过的那个如同难民营一般人声鼎沸的商场，几条回镇上时必经的宽宽窄窄的马路，和大到我至今未能走遍每一个角落的天中，我对外面的世界一无所知。

我下了车，才发现已经是晚上了。前面不远处的毒药的家，居然是一座老式的带天井的房子。一个暗黄色的灯泡在大门前孤独地低垂着，被冷风吹得东飘西荡。我跟着毒药的脚步走到门前，抬头看到左上角暗铜色的门牌，十三弄二十七号。在我好不容易辨别出这几个斑驳的字之后，他已经把门打开了。

刚才一路的颠簸，车内的不良气体仍然残留在我的腹腔内。在他打开门的瞬间，我有些晕眩和想要呕吐。而那个开车的女人已经抢先一步进了屋子，只可惜我始终都没有看清她到底长成什么样。

"跟我来。"毒药转身唤我。

我站着没动。"你去拿，我在这里等你。"

"那家人家是开狗肉铺的。"他摘下帽子指着巷子深处一家亮灯的人家，又指指脚下，"每天晚上都有一辆三轮车从这里经过，车上装的全是病狗疯狗流浪狗。"在看出来我压根不相信他的谎言之后，他很快又补上一句，"不过看你这样，狗不怕你就不错了。"

说完，他自个儿进了屋。

我在门口足足等了一刻钟，没看到任何疯狗，也没看到毒药出来。我面对通往屋里的院子里的唯一一条窄路迟疑向前。

院子里传来两人的争吵。

毒药在说："谁干的，我非灭了他。"

还是那个声音沙哑的女人。"得了，整天灭这个灭那个，自己给灭了还不晓得咋回事。老实点要死人吗？"

"欺负到我家门口了，这口气我咽不下去！"毒药说，"这回他们不把东西吐出来，我饶不了他们！"

我下意识地停下了脚步，却忽然听到近在身旁的一声狗吠。

我并不怕狗，只是这叫声太突如其来，我还是吓得尖叫了一声。

里屋的两个人听到动静，走了出来。

我惊魂甫定，脚不由自主地向前，想冲进门里去，却差点撞上了正出门的一个人。

她下身穿着极为鲜艳的红色大摆裙，上身只着黑色的大领T恤，胸口开得低到不能再低，毫不吝惜地露出整片锁骨和洁白的皮肤。后脑勺歪别着一个好大的发卡，微卷而凌乱的长发垂下来一些，覆盖半个脖子。她的眼睛只和我短短交会几秒就离开，然后我所有的视线和听觉都模糊了，储藏在深窖里的记忆一下子轰然而至。

就在她看我的那一瞬间，我差点脱口而出她的名字。

我慌乱转身，看到深灰色的天空和这个记忆中诡异般相似的院子，不是吗？虽然已经是晚上了，可从屋里传来的微弱光线足以让我看清这个院子的布局：一样的破败，葡萄架凌乱地倒着。甚至在门边也有一棵树！是不是樟树？我瞪大眼，想要分清，无奈雨又点点滴滴落下，滴入我的发根，让我头皮阵阵发麻，好似老天有意不让我探究这秘密的真相。恍惚间，我甚至分不清那些只在梦魇里徘徊过的最初记事时的记忆，是对此刻的预示还是真正的回忆。直到那个叫毒药的男生伸出一只手，靠近我的眼帘，我只能和他手心里的一颗黑痣紧贴。

"马小卓，很抱歉，你要的东西我找不到了。"

我冷冷地退了一小步。冬雨令我微微发抖。哦，应该不是冬雨，一定是因为什么别的，比冬雨更叫我冻透。

我面前的女人，是刚才开车那个吗？为什么会如此如此地像她？虽然她比她要高，她的香水，也比她的浓烈许多。但她们的感觉，真的太像太像了。她身上的味道到底是香水还是酒精？我已经分不清了。我有些晕晕乎乎，耳朵发烫，脸颊冰冷。

我想我是旧病复发了。就在这个如此莫名其妙的冬日。一个名叫毒药的几乎陌生的男人，和他屋子里我素昧平生却和当年的林果果有着同样神色的不知名的女人，让我有神经错乱的危险预感。

这个家很特别，跨进门槛就是堂屋，室内大而空旷，只在正中有一张小圆桌，紧挨着四周墙壁或许有些陈设，可是却通通蜷在阴暗的角落里不见光，根本分辨不出那是些什么家什。小圆桌上此刻正开着一台小火锅，里面的水已经咕噜咕噜地烧开了。蔬菜和冷冻羊肉满满当当地挤在小火锅四周，热气直直地往上蒸腾，好像屋顶上安着一个巨大的吸盘。

我嗅到了阔别十年的，只属于老宅屋内高耸的发霉木柱的味道。我忽然慌张起来，转身就要往外奔去，却被毒药一把扯住。"马小卓，来，我给你介绍一下，这是我姐姐，她叫夏花。"

夏花当我不存在，她把袖子高高地挽起，坐到小圆桌旁边，捞起一大盘豆腐，用筷子把它们通通拨进锅内。我的眼光不由自主地跟随着她，看她样子好像已经饿得不行了。刚才那条吓住我的狗，就那样很温顺地趴在她的凳子旁边。我从来没有见过那么大的一只狗，起码有半人高，通体是乌黑油亮的毛发，连趴着的样子都很震慑人。

"来吃吧。"她已经用筷子夹起一块刚刚滚过开水的豆腐放在唇边吹气，不知道在跟谁说话，"饿死了，要不是去接你，老娘早吃饱了。"

"一起来。"毒药拉我一把。我本该推开他，直接走出去，就像我从一开始就不应该相信他会把东西还给我。可是，我并没有这样做，而是又一次身不由己地跟随他，坐到了小圆桌旁。

这样，我就可以看她看得更仔细一些了。

哦，她们连吃东西的样子都那么像。她面前放着一个盛着半碗辣椒油的碗，所有刚刚烫熟的蔬菜都浸在辣椒油中，然后被送进嘴里。

她嘴角沾着酱料，但她不抹去它。她连饥饿的样子都这样专心致志，眼里只有食物。哦，天，她们连拿筷子的手势都那么像。

我震惊之余，只见她不知从地上还是哪里摸出一个扁扁的酒瓶，仰脖灌下其中的液体。浓香的白酒味道，刺鼻得让我几欲落泪。

我从来没有这样在别人家里吃过饭，更别说在一个陌生人的家里。我把一切危险都置之于脑后，只想贪婪地靠近回忆，哪怕是一小会儿，一小小会儿。

我不是不知道自己的愚蠢，我只是无能为力。

"又是天中的？"夏花斜着眼看了一眼我的校徽。

我当然明白那个"又"字的意思。

"我不是他女朋友。"我看着夏花，认真地说。

"你为什么不做他女朋友？"夏花呵呵笑着说，"是他不够帅还是他太坏？"她笑着继续灌酒，然后把酒瓶递给旁边的毒药。

"她还没通过我的过关测试。"毒药自恋地说。

好吧，自恋是醉不是罪，我当他疯了而已。

我一直笔直地坐在座位上没有移动，当然也不可能吃任何东西。这是马卓灵魂出窍的时分。我曾见过林果果喝这样的酒，那夜她酩酊大醉，是阿南和我扶她回家。她倒在客厅的地板上，喃喃自语："居然有能让我醉的酒，真是怪事。"

后来阿南告诉我，其实她并没有醉，她心情不好，是在装醉而已。她是个天才，就连装醉，也是一流。可惜红颜薄命。

我拼命揉了揉自己发红的鼻子，强迫自己要镇定。毒药把酒瓶伸到我面前，说："你呢？来点儿？"

"我不喝酒。"我说。

夏花摇摇头说："你看她的样就不能喝。"

"金佛。"我没有搭他们的话，而是继续重申我的目的，"请还给我。"

我听到他轻声骂了一句，然后他再次把酒瓶递到我面前，挑衅地说道："干了它，我们再说别的话。"

我看了看酒瓶，里面还有大半瓶酒，不知道是从哪里来的勇气，我接过酒瓶，站起身来，一饮而尽。然后我把空酒瓶放到桌上，看看一旁大口灌酒面无表情的夏花，看着一脸惊讶却同时在坏笑的毒药，又看着那口沸腾的火锅，大声地对他们说："那个金佛是我们班一个男生的，那是他妈妈送给他的最后一件礼物。因为，他妈妈已经死了。所以，请帮忙，还给他。"

空气里没有任何声音，暧昧的热气里，我看到蹲在地上的大黑已经站立起来，那个名叫夏花的女生，抑或女人，伸出手爱怜地摸了摸它的头顶，然后她用不急不缓的语气对毒药说："夏泽弟弟，看来，你惹了个大麻烦。"

11

如你所料，我没有拿回金佛。

毒药告诉我的原因是：它又丢了。有人趁他不在家的时候把他家里搜了个底朝天，拿走了许多的东西，这其中就包括那个金佛。

我还没来得及不相信，他就不由分说拉着我的手带我拐进堂屋隔壁的小屋子，扭亮灯，果然一片狼藉。一张矮脚的大床，床单的颜色在悬挂的那盏忽明忽暗的灯泡的照射下显得暧昧不明。我赶紧跳开视线，又注意到床头柜上放着一个看上去模样非常古老的黑白电视机。哦，它居然装有天线，且是折断的。整间屋子弥漫着不知何种气味，有些让我头晕发热。我忽然想起他偷偷放进我书包里的那包白色东西，天，他不会也……我这样想着，不由自主紧紧捂住自己的鼻子，好杜绝那股迷离的香气。我转身想走出去，他又来那一套，故意伸出长长的胳膊，拦住我的去向。可他没想到我一低头，逃出了他的臂弯。我的清醒和理智这才回来了，它清楚地告诉我：此地不宜久留。

我有些绝望地转身，走向大门，我什么也不想说，也不想再做任何的要求。这都是我的错，一切的不快乐都是我自找的，我若真拥有救世佐罗的超能，怎么会变成一个孤儿，同时流落他乡？我应该乖乖地待在学校做我的数学试卷，顶多用英文写一篇长长的日记抒发我内心的不快。

助的哪门子人？

如我所料，我刚走出毒药的家，就听到他从后面追过来的脚步声。我知道是他，但我没有回头，而是下意识地加快了我的步伐。可是他的手还是以超乎我想像的速度迅速地搭上了我的肩，像旋转陀螺一样把我旋了回来面对着他，他又迈近一步，伸出胳膊钳住我的脖子，把我原地转了九十度，正对着前方一条漆黑的小路。

他假装商量地对我说："我们去吃碗面好不好？"

有这样架着别人征询的吗？

谢天谢地，说这句话的同时，他终于把他的臭爪子从我的肩上拿开了。

一秒之内，我拔开腿就跑。

我听到他在我身后发出的笑声，那笑声古怪至极，像揭开高压锅前那一束白色的蒸汽，因为太急切而让衔紧的锅盖振动发出了突突的声音，却没有再听到他紧跟而来的步伐声。

如果他诚心要追我，一定是追得上的，可是他居然只是站在原地发笑。所以，他的脑子如果没有被门挤过被开水烫过被马踩过，那他一定就是在故意耍我。

这简直比答应他那无耻的邀请更让我蒙羞。

我停下了脚步，站在漆黑小路的一端，看着仍然站在原地的他。他靠在旁边一根高耸的路灯竿下，停止了笑声，双手插着口袋，模糊中，似乎是在对我微笑。

笑的同时，他对我大声喊："继续走，出了巷子，左拐五十米，108路直接到天中门口。"

说完，他离开了那根瘦削的路灯竿，往他家的方向走去，消失在我的视线里。

而我的目光，居然可耻地在他的背影上流连了好几秒，这才转回身继续我的路。

夜幕降临，小巷的后半段路被大路上的几盏路灯眷顾，地面微微透着泛白的光。我听着高一声低一声的狗吠埋头冲出了小巷，顺利地找到了他所说的108路。公交车很快就来了，我的手伸到口袋里掏零钱的时候忽然触到了一样东西，掏出来一看，才发现是于安朵请我交给他的信，居然被我忘了个一干二净！

信封上的香柚味犹存，我捏着它，思考着是该回去交还他，还是谎称没见到他，回去把信还给于安朵呢？最终，我选择了后者，失信于人也许真的不太好，可是，马卓若为了不失信于人就失身于贼，那马卓一定不是马卓。

所以，于安朵，真的很抱歉。

我把信重新塞回我的口袋，在108路公交车就要开走的瞬间迅速地跳上了车。

上了车才发现，这里离天中并不算太远，不过六站路，而且已经过了下班高峰，车上很空。尽管如此，我还是仔细看过每一个人的脸，以确认他没有跟上来。

待确认之后我又发现我还真是搞笑，就刚才那点时间里，他就算抄近路，也不可能和我出现在同一辆车上。白白担心了一刻钟之后，车已经到站。回想这个黄昏我的所作所为，我怀着说不清遗憾还是后悔的心情走下了车，迈向斜前方的天中。

哦，此时的教学楼里，灯火通明的教室仿佛排列整齐的玻璃盒子，层层堆叠在黑暗里。我情不自禁地微笑，还有什么艺术品，可以美过此时的天中？很奇怪，一靠近学校，刚才那股盘踞心中的莫名其妙的灰暗就像被一张柔软的绒布擦拭过一般一扫而光。

我低下头加快了脚步，可却再次被一只手狠狠地捏住肩膀。

这力道我清楚，他又出现了！

我转过头去恶狠狠地瞪着他，他却抬头看着星空，用吟诗的口吻说："你陪我吃一碗面吧？看在我恭候多时的份上。"

"你很无聊，你知道吗？"

"知道啊。"他说。

"滚！"我终于发火。

他却很平静，只是快步横在我前面，用身体挡出一片黑暗，对我喋喋不休地解释道："夏花那人，总是把车开得像炮弹。我骂她，她就跟我说，追妞必须像是炮弹一样的速度，因为妞滚开的速度，总是让人想不到的快哦，你说这是什么理论？"

我不吭声，绞尽脑汁想着如何摆脱他。

"你不必这么紧张，"他仿佛知道我的想法，继续自恋地说，"我只是想请你吃碗面而已。或者，你也可以选择在这里喊救命，再或者，换我喊救命来配合你也可以。我觉得会比在刚才那里喊要有趣很多，是吗？"

说这些话的时候，他的眼睛又盯着我，他怎么可以有这样一双眼睛？

我转开我的头，看了看离我不远处的学校大门，决定不再跟这种流氓硬拼下去，再说这里人来人往的，如果再遇到个他的粉丝，我就更是跳进黄河也洗不清了。于是我选择了妥协，昂了昂下巴，清楚地说："带路吧！"

胜利后的他咧开嘴笑了，转身走在我前面，也不回头看，一副压根也不怕我会溜掉的得意样儿。我跟着他没走几分钟，就到了一个不大的拉面馆。本来一路都伺机逃走，可真的到了这里，牛肉面的香味却让我感觉自己真的饿了。我低头跟着他走了进去，他居然在不知不觉中拉着我的手，半请半威胁地把我拉到一个靠窗的位子上坐下。我狠狠地抽开我的手，恨不得刚才在手掌里藏下一把刀，狠狠地剜他一下才称心。可惜这一切只能是臆想，而且更要命的是就在我刚坐下来的时候，我竟然看到了肖哲，他也在这里吃面，就坐在和我们隔着一张桌子的座位上。

他的眼镜滑在鼻梁上，眼睛直直地看着我。他迅速地吸溜进一根停留在他的嘴边许久的面条，然后，夏泽坐在了我的对面，挡住了肖哲让我感到害怕的面部表情。

看来我还是太天真了，站在黄河边上，想不跳进去的难度实在是太大了。我觉得他请我吃面一定是醉翁之意不在酒，难道是因为他知道肖哲在这里，故意引我来此的吗？但这也有点太悬了吧，搞得像劣质电视剧里演的一样凑巧。

他大声招呼老板要两碗面，然后他从筷笼里拿出一双一次性的筷子用力掰开，又拿了两个空空的小碟子，把它们倒扣在我面前，然后握着两根筷子，以迅雷不及掩耳之势对着那两只无辜的碟子一阵噼里啪啦猛敲，居然带着节奏，然后抬起他眯起的眼睛，不满地看着我说："你是第一个也是唯一一个没有对我的艺术细胞表示惊叹的人。"

"为了感谢你成为我的唯一，我决定再给你表演一个更高难度的……看好了马小卓……"

"我叫马卓。"我打断他极度膨胀的自我表现欲，正声纠正他。

"哦？"他把一双筷子夹在耳后，用他一贯的饶有兴趣的眼光看着我说，"我就喜欢叫你马小卓，咋的了？"

"吃完面我就要走了，请你不要再跟着我。"我刚说完这句话，忽然发现桌面上出现了一个巨大的阴影，我一抬头，才发现肖哲不知道何时走了过来，就直直地站在我们的桌子旁边。

"马卓。"他说，"再不快点，晚自习就要迟到了。"

"哦。"我答。

毒药抬起头，看着他，干脆地说："现在是吃面时间。路人甲先请回。"说罢，他从耳后抽出筷子，胳膊伸长，筷子在空中画出一个完美弧线，直指门口。

可是肖哲站在那里一动不动。

"我数一二三……"毒药说，"不走的话，我就要上演更好看的戏码，你信不信？"

肖哲只是无所谓地笑了一下，然后对着我伸出一只手说："马卓，走。"

什么情况？

毒药已经站起身来，一拳头重重地打到了肖哲的头上。那一拳一定重极了，肖哲差点没站稳，眼看着就要往桌上倒去，他晃了晃，努力站稳了。而此时，伙计正好把面端上来放到桌上，我万万没想到的是，激动的肖哲竟用双手捧起面条，像倒一桶泔水一样把那碗面直直地泼向了毒药！

毒药杀猪一般地喊一声，而我仍然没有回过神来，只是看着肖哲苍白的嘴唇说不出话来。

毒药慢慢地站起身来，肖哲下意识退了几步。

我深知，要斗狠，肖哲根本就不是他的对手。何况，此时站在我身后的肖哲已经在簌簌发抖，我甚至能感觉得到他在空气里传递给我的暗示。

"不要！"我上前一步，拦住了毒药。

毒药一身的面条，哗啦啦掉在地上桌上。他从桌上拿起刚才那只没摔坏的空碗，微笑着问我："是他不要，还是我不要？"

我没答他，而是转身用力推了一把肖哲，吼他："你走！"毒药把碗扔了出来，碗在肖哲和我站的那段距离的中央砸得粉碎，肖哲吓得在原地一抖，却仍然不肯走，只是呆呆地看着我。毒药的手伸进了他的裤子口袋，如果我没有记错，我知道里面装着什么东西。我冲着肖哲大喊："我叫你走！"肖哲可能也觉出不妙，他喘着粗气，终于低头转身，带着仿佛哮喘一般沉重的呼吸夺门而去。

我转身再看毒药，他刚才还闪着可怕凶光的眼睛好似忽然收敛进去许多光芒，但仍然深不可测，像随时可能长出翅膀的鹰怪，要啄掉我的眼睛。我承认自己恐惧，所以在他对我招招手说"过来"的时候，我没有顺着肖哲的步伐逃走，反而乖乖地坐在了他的对面。

一片死寂的面馆里传来他一个人的吆喝："老板，再来一碗面，多放点香菜。碎的碗我赔。"

"对不起。"我低声说。

"坐下，把面吃完。"他命令我。

我很快就吃完了另外一碗温热的放了很多辣椒依然淡而无味的面。我忍了很久才把眼泪忍进去。一方面是不想在他面前流一滴泪，另一方面，我不知道我的哭会让他误解什么。总之，不知道出于什么目的，我狠命压抑自己的眼泪和内心的害怕，直到吃光一碗面才敢抬起眼看他。

他当着我的面解开了他的衬衣，脱掉，露出整个上身。

我迅速低下头，仍然可用余光看到他腹部一块大碗般的红肿。我努力许久，终于问："要不，我去替你买点药？"

他就着新端上来的面大口大口地吃，只听见他的咀嚼声，听不见对我的回应。

我在心里盘算是不是趁此赶快溜掉，他忽然发话："这家面条真的很好吃，要不是你今天又救了我，我才舍不得请你来这里吃面呢。等我吃完我送你回学校。"

　　我想说不用我可以自己回去，但我不敢。至此我才发现我真的很怕他。是真的怕，或许，我必须承认，在此之前，我根本不知道什么是"怕"。就连小时候，小叔强灌我那碗药时，我的恐惧也不胜此刻。

　　但我想不通我真正怕的是什么，就像我想不通，他为什么一定要请我来吃这碗面，我从来都没听说过，吃碗面到底代表着什么。如果我现在像他这样被别人泼了一身的面汤，我肯定是在第一时间冲回家先把衣服换掉并痛痛快快地洗个澡，而他却如此津津有味地在享受他的面条，真是莫名其妙到了极点！

　　最后，我得出的唯一结论是：他的精神，有很大很大的问题。而这个很怕他的我，似乎比他的问题，更加严重。

12

晚自修时的天中，就像一片深深的寂寞的海洋。

面对我面前紧闭的铁栅栏，我不知道是该敲门还是叫人。说来好笑，对于从不迟到的我来说，这是一个难题。我知道他就站在我身后不远处，几分钟的路程，他执意要送我回校。我已经学会不在他的面前说"不"，因为我知道，说了也是白说。好在他并不与我并肩，我们只是一前一后地走，他的脚步声若有若无，我心里的不安却越积越厚，无从排遣。

我不知道我在校门口到底怔忡了多少秒，直到他走上前，双手把住铁栅栏，整扇门摇得咣里咣当震天作响。"明天见。"那个矮个子门卫从传达室走出来的一瞬间，他在我耳边留下这句话，迅速离去。

明天见？！

我发誓，当我这次走进天中的校门，一直到期末考试后放假回家，我绝不会再踏出来半步，见他个鬼！

门卫把门拉开一个小缝，嘴里含糊不清地骂了我一小句什么，我没听清。我进了校门就低下头走得飞快，直到前面直挺挺走过来一个人，拦住了我的去路。

是肖哲。

他伸出手死死地拽住我的胳膊，像拖一个拖把一样，自顾自地拖着我往前走，一直把我拖到教学楼的墙角边。为了不引起其他人的注意，我只能姑且忍受着胳膊的剧痛，由他这样做。他仍然大口大口喘着粗气，难道从面馆飞奔回学校需要万米长跑的体力？可时间已过去这么久，我想他主要还是因为心里气愤才会如此的吧。

他不说话不看我，而是双手叉腰，张大嘴看着天，好像一株等待雨水的麦子。

我说："有话就说吧，拉拉扯扯被巡查老师看到不太好。"

他不屑地摆过头，就差丢过来一个"哼"字。

我抬脚就走。他反应倒快，伸出胳膊狠狠地在我面前挡一道。"你站住！"看得出来，他是真的很生气。

我只能站住，望着他。

"马卓同学，回头是岸。"他冷冷地说出这句话，月光打在他的额角上，似乎还闪着光，不知是不是汗珠。

难道在我没来的这段时间，他一直在此处等我兼排练？

回头是岸。呵呵，多精辟的一个词。既不得罪我，又教育了我。

或许我应该告诉他，他所看到的一切，都是因为我想帮他要回本就属于他的他最珍惜的某样东西。但最后，我还是没有说。

我实在是讨厌解释。

讨厌自己向别人解释，更讨厌别人向自己解释。

我轻轻推开他横伸出的那只胳膊，一言不发地往教学楼的方向走去。

他当然是紧跟着我走，身后传来他急促的声音。"你再也不要跟那种人混在一起，不然……"

我转过身，问："不然什么？"

"不然，告诉你爸妈，告诉爽老师，告诉很多很多人。别说你不怕，其实你很怕。"他这次说得又快又急，生怕漏了每一句重要的话。

我真想对他说，我没爸也没妈。但奇怪的是，他说话时的表情却让我对眼前的这个男生产生了一种说不出的感觉。

"不然，告诉你爸妈。"

从来没有人这样对我说过话。

这撒娇般的威胁，不慑人，反而让我有种莫名窝心的感觉。不可否认，他真的是一片好心，像毒药那样的人，确实应该是躲得越远越好的。想到这一点，我收起我的黑脸，用尽量平静的语气对他说："那以后你最好也别惹他。"

说完，我转身跨上了教学楼的台阶。等我快要迈上二楼的时候，我又听到底楼传来的撕心裂肺的呼喊："我不怕他！"

我的天。

我坐下来两分钟后，他也跟着进来了。他仍然是低着头，保持他惯有的妄想数清地面细菌的眼神。我又心虚地探头看看周围，发现没人注意我们。教室里仍充斥着哗哗哗的翻书声，居然没有人发现我消失了又回来。看来我真是多虑了，天中的学生大都是这样，不喜欢管别人是非，至少是看上去不喜欢。只是我刚坐下，颜舒舒就用笔尖点点我的英语书封面，伸长脖子在空气中嗅了嗅，用半审讯的语气问我："疯哪里去了？"

哦，我忘记了还有一个她。

"伤风，出去看病。"我轻描淡写地撒谎。

她又附到我耳边问："他缠你了？"

"你们的眼神看上去不要太有故事啊。"

"他表白了？你接受了？"

……

八卦能力绝对是天生的，否则全教室怎么会只有颜舒舒注意到我们身上相似的气味。我用眼神制止她别乱讲，她却笑得花枝乱颤，再写下一张纸条递给我，上面有一行字："香水好闻吗？"

我不解地看着她。

她指指肖哲的后背，再指指我，在纸条下面继续写："我专门替你选的，香奈儿五号，卖给他便宜了呢。"

我发誓我没收到什么香奈儿五号六号，就算真的有人送我，我也是绝对不会要的，这不是开玩笑是什么呢？

晚自习时，肖哲一直没转身，也没有照例的每日一题，更没有什么香水五号。整个晚上，我都埋头思考一张简单至极的英语试卷，直到眼睛发痛，一抬头，下课铃声骤然响起。

我迅速丢掉手中的笔，心又开始莫名其妙地狂跳，心里浮现的却是一双眼睛。

是那个叫夏花的女生。

我的思绪不能自控地胡乱游移，她和她是如此相似，不知道阿南见到她，会是什么样的反应？

我真的是太累了，一路胡思乱想跌跌撞撞走回宿舍，脸也没洗就直接栽倒在床上了。空虚好像个小精灵，在我耳边絮絮叨叨地说着些什么，鼓动我脑海里想的，全部都是理智和现实里最最不可能发生最最荒唐的事情。

比如，想那个叫毒药的人，此刻在哪里？在做些什么？被烫过的地方，会不会有问题？他会不会找肖哲复仇？如果他们真的打起来，谁会占上风呢？噢噢噢，这些奇奇怪怪的想法，该如何才可以停止？我用薄棉被捂住心，燥热感阵阵袭来。忽然间，我想起了什么，赶紧找到我放在床头的外套，从口袋里掏出那封信来。那是于安朵的信，天啦，我又忘记把它交给他了，我想起于安朵说的"十点"的约会，到处找我的手表，颜舒舒贴着面膜问我："你怎么了，马卓？"

"几点了？"我问她。

"十点二十啊。"她说，"你没听见铃声吗，还有十分钟就要关灯了。"

我的天。

颜舒舒面膜后的眼睛一直盯着我手里看，吓得我赶紧把信随手夹进了一本参考书里。颜舒舒一把扯掉她的面膜，踢掉她的大红拖鞋，亲昵地挤到我床上，趴在我的枕头上，问我："马卓，你是不是不喜欢他呀？”

她的问题把我吓住了，因为一开始我没反应过来她说的“他”到底是谁。

“不过他呆头呆脑的，也配不上你。”颜舒舒说，“你就别为他苦恼了，这种男生，多拒绝两次就晓得好歹了。”

“没有的事。”我说，“你别乱想了，我今天好累，要睡了。”

“喂，马卓。”她并不理会我的逐客令，而是贴我更近地问，“你说为什么都没有男生给我写情书呢，我真有点郁闷呢。”

我看着她苦恼的表情，真有些哭笑不得。

“别傻了，情书上写的都是鬼话。”我调侃她。

“你怎么知道？”她神秘地笑起来，“老实交代，是不是有谁给你写过什么鬼话呀？你刚才看的那个，是什么？”

“没有的事！”我骂她，“净瞎说。”

“肖哲没写过？”她的嘴巴几乎贴上我耳根，暖烘烘的热气钻进我的脖子里。我在床上坐直，看着她探寻的眼睛说：“颜舒舒同学，你再瞎说的话，今晚我们都别睡了。”

“好好，”她迅速穿上拖鞋，忽然又转头警告我说，“这是你的隐私，你的隐私。不过，我还是要忠告你，有些人表面看上去越傻，心里越复杂。你要小心小心再小心哦，不要怪我没提醒你哦。”

我对她做了一个停止的表情。

她忽然又一下子抱住我的肩膀，喃喃道：“噢，我倒真希望有男生愿意写鬼话骗我呀。他们都说十八岁之前没有初恋就很失败，看来我注定要有个不完美的青春了。"

"你这么伶牙俐齿。"我被她抱得很不舒服，但明白此刻的她很需要我的安慰，于是说，"男生没点文学功底，哪敢随便写情书让你见笑？"

"你真会说话！"她娇嗔地打我一下，终于放开了我，穿上拖鞋离开了我的床。就在我刚得以喘息的时候，门口突然又闪进来一个陌生的女生，举着一部红色外壳的小手机，大声地喊："谁是马卓？"

我和颜舒舒都吃惊地坐了起来。难道又是王愉悦之流的人要来寻仇？过了好半天，颜舒舒伸出一根手指头，犹豫地指了指我。

女生笑得甜蜜蜜地走近了，把电话递到我手里说："麻烦你接个电话呢。"

这么晚了谁会找我？我把电话犹疑地放到耳边，轻轻地"喂"了一声，就听那边粗声粗气地问道："马小卓，是你吗？"

是他！

我惊得手一震，差点把电话丢在地上。与此同时，我连忙从床上蹦起来，跑到阳台上。当我发现自己居然没有挂他的电话的时候，耳边传来了他的一声叹息。"噢，我还真有点想你！"

我终于确认，我是不敢挂他的电话。因为我真的很担心，如果我什么也不跟他说，他会不会直接冲到女生宿舍里面来。这个疯子，他什么都做得出来，不是吗？于是我把身子紧挨着阳台，看着楼底下一排树叶浓郁的香樟尽量用最平静的语气对他说："很晚了，我要睡了。"

"等等，今天拿面砸我那个勇士听说是你们班的，叫什么肖哲？"

原来他是来兴师问罪的！

"嗯。"我说。

"嗯什么嗯，我要你告诉我是还是不是？"

"你别对他怎么样！"我说，"他真的不是故意的。"

"你是在替他求情吗？"他问。

"不是。"我说。

"那是什么？"他逼我。

我不知道该怎么答。

"没事了，"他忽然笑起来，"我只是想跟你说声晚安。"

真不知道他葫芦里卖的是什么药！

"噢，等下！"我喊道。

他略有吃惊地问："有何吩咐？"

"我忘了告诉你，于安朵说今晚十点在老地方等你。"

他骂了一句，就把电话挂了。在他挂断电话大约有半分钟以后，我才回过神来，转身，看到玻璃门后站着那个递给我电话的依然一脸笑吟吟的女生和莫名其妙的颜舒舒。

"你怎么了，马卓，发生什么事了？"在那个女生走出我们宿舍后，颜舒舒摇着我的肩膀问，"到底是谁的电话？"

"打错了。"我喃喃地回答。

"不对，你一定有了天大的秘密。"颜舒舒胸有成竹地对我说，又对着上铺同样持好奇观望态度的吴丹说，"你说，我说得对不对？"

　　吴丹把头点得像小鸡啄米。

　　就在这时，灯熄了，宿舍陷入一片黑暗。我摸上床，缩进被窝，逼自己睡觉。我以为那夜我会失眠，却没想到我迅速地睡着了。那一夜我梦到他，他什么也没说什么也没做，只是站在那里，远远地看着我，我的脖子那里却好像被什么利器狠狠地戳了一下，疼得我蹲到了地上，伸手一摸，满脖子都是鲜血。

　　我半夜被这样的梦惊醒，脖子犹在疼，一切都像是真的。我颤抖着，用被子把自己裹紧，却好像听到有人梦呓，她在狠狠地咒骂一个人：呆头鹅！去死！

　　是颜舒舒的声音。

　　寒冷侵袭我的全身，我缩起自己，再无任何睡意，就这样一直到天明。

13

初冬到深冬，时间的脚步是最迅疾的。以往的冬天，我常有的感觉是，好像在清晨的被窝里懒洋洋地爬起来不久就懵懂到了黄昏，一天就此罢休。但是这个冬天，不知道是不是独自第一次在学校度过，那种感觉消失了的同时，我发现自己也更加害怕寒冷了。颜舒舒一大早塞给我一个圆头圆脑的热水袋，告诉我它可以保温十小时。

"你上课时手脚都缩着，好像显得特别冷，这个管用咧。"她说。

"谢谢你。"我由衷地说。颜舒舒是个极其美好的女生，也是我所见过的第一个关怀别人而从不心怀芥蒂的女生。只可惜我拥有的东西太少，能给予她的回报更少，实在遗憾。可是，我还是常常没法去拒绝她的关心，因为我知道，那样她只会更伤心。

她挽着我的手，我们像天中很多亲亲密密的女生一样亲亲密密地走进教室。

无论如何，拥有友谊应该是值得骄傲的一件事吧。虽然那只和我挽着的热乎乎的手，仍抵不过记忆里那个朝我飞来的沙包更有力。

还没走到座位上的时候，我就看到我的桌上，放着一个精美的礼盒。

或许是我的心理作用吧，做贼心虚。尽管班里的人都在埋头读书，但气氛在我看来就是显得有些怪异。

"哇，一大早就收礼物！"颜舒舒夸张地叫起来，"来，快拆开看看是什么呢？"

我坐下，把盒子"咚"的一声扔进了桌肚，伸手拿出了我的英语书。越让别人有兴趣的事，我就越没有兴趣。抱歉，我真的不是故意这样，要不是没有一种魔法可以让颜舒舒学会安静的话。坐在前排的肖哲一直没回头，颜舒舒很不满意地歪了歪嘴，一副没看成好戏的遗憾样。

中午休息的时候，趁着肖哲出了教室，我把礼盒拿出来，递到颜舒舒手里说："麻烦你替我还给他好吗？"

"你这样他会伤心的吧。"颜舒舒说，"貌似他花了很多心思呢。"

"要不我自己还给他吧。"我正要把礼盒接过来的时候，颜舒舒却把礼盒拿到耳边摇了摇，面露惊讶之色对我说："不对呀，好像不是香水，香水没这么轻。"

"拆开看看吧。"见我没反应，颜舒舒继续怂恿道，"看看是什么再还给他也不迟。再说了，是不是肖哲送的还不一定呢，你说对不对？"

颜舒舒不等我拒绝，已经三下五除二地拆除了那个包装盒。

可是她取出来的，竟然是一条古里古怪的项链，黑色的绳子，吊坠是一把类似剑的东西，古铜色，上面还刻着很细小的字母，看不清楚到底是什么，我只注意到剑尖，尖得厉害，好像奶奶用来补被单的一种针。

"哦，我的天，这鬼礼物太有个性了！"颜舒舒尖叫，"如果我没猜错，应该是什么护身符吧，哦，我的天啦，简直太神秘太有味道了。"她一面赞叹一面把它举得高高地反复欣赏。

我连忙把她扔到一边的盒子拿过来，在里面找到一张白色的小卡片，卡片上写着：给马小卓。落款只有两个简单的字母：XZ。

颜舒舒双肩一耸，把我手里的纸条抢过去，好奇地看了看，兴奋地说："XZ，XZ，哈哈哈，昨晚还说没收到情书，今天被我捉到证据了吧？"

我知道XZ是谁，不是肖哲是夏泽。因为全天下，只有他一个人会叫我马小卓。

只是，我完全没有对颜舒舒解释的必要。

无知，愚蠢，浅薄，下流。我简直不能找到比这些更适合他的形容词。金金银银，花花草草，这些庸俗不堪的破烂玩意，用来点缀他的花花肠子再好不过。就算天中的女生个个都以拜倒在他的脚下为荣，我也丢不起这个人。更何况，不知他到底送过多少女生一样的东西呢？没准在上次颜舒舒带我去的那个批发市场，这种东西一批就是一大把！一想到这个，我更加气不打一处来，从颜舒舒手里猛地夺过那个挂坠，往盒子里一塞，冲出教室。

我要去找于安朵，我要让于安朵转告他，如果他再这样下去，我就把我所知道的一切统统都告诉学校，甚至报警，信不信随便他！

可是我还没冲到于安朵的教室就被人拦住了，依然是一个陌生的女生，一个我以前好像从来都没见过的女生，举着那个倒是让我一眼就认出来了的手机用一种老朋友般的口气对我说："马卓，麻烦你接个电话。"

来得正好！

"马小卓，想不想我？"他哈哈笑着，似乎还打了一个哈欠，拖长着声音说，"要说实话——"

"想你去死！"我冷笑一声，说，"谢谢你的礼物。"我把礼盒扔掉，捏着那根项链不像项链狗牌不像狗牌的东西，飞奔到走廊尽头的一个垃圾桶旁边，将手机对准垃圾筒的同时，将那条项链重重摔进去，坠子甩在铁质的垃圾桶桶壁上，发出一声"砰"。

我对着话筒清楚地说："听见没？我扔掉了。这种破东西，只配待在垃圾箱里，因为选它当礼物的人是个不折不扣的垃圾。"

他好像终于沉默了几秒钟，才懒懒地说："没人教过你要做一名淑女吗？"

"我警告你，你别再缠着我。"我说，"否则我总有一天把垃圾桶扣在你头上。"

"有趣。"他说，"我无比盼望那一天的到来。"

"就像我盼望你死一样的盼望吗？"我威胁他。

"哈哈哈。"他又得意地说，"死在马小卓的手里，我不要太心甘情愿。"

"滚！"我忍无可忍，只能说脏话。

"嘘——"他说，"才提醒过你要做淑女，这么快就忘，不教训简直不行，就这样吧，马小卓，我们来打个赌：我会把你刚刚扔掉的东西亲手戴到你脖子上去！"

说完这句，他挂了电话。

我伸出脚，狠狠地踢了一下那个无辜的垃圾桶，不顾脚尖钻心的疼和来往人异样的目光，捏着电话，看着那个眼巴巴追过来，等我把电话还给她的女生，不无嘲讽地说："他给你多少钱，你才肯做这种无聊事？"

女生被我吓到，小小声声地对我说："他是我哥……"

哥？毒药之所以能猖獗，未必不是因为自作贱不可活的妹妹们太多了些。我把电话往那女生怀里一扔，用力踢了一脚地上那个盒子然后气呼呼地往教室走去。刚走两步，我转回头，只见那个女生正趴在垃圾桶上往垃圾堆里眺望，真叫人绝望。如果她是我妹妹，我早就一个巴掌揾过去了。

更加莫名其妙的事还在后头。我刚踏进教室，就闻到一股香水味，很好闻的味道，浓而不郁，满教室都弥漫着。而颜舒舒，正趴在座位上，双肩抖动，一看就是在哭。在我们座位前面的地上，我看到一个被摔得粉碎的小瓶子。

这正是香味的源头。

世界一定是还不够乱。

　　颜舒舒的性格，是标准的庸人自扰型。此刻的我一点提不起安慰她的心情，更没有空替别人梳理烦恼，马卓从来就不是谁的救世主。我踢了踢脚下那些碎掉的瓶子，整理整理自己的书，准备上早读课。

　　可是，肖哲却不打算原谅她。

　　"八卦婆！"肖哲忽然回身骂，"算我求求你，你能不能不要再丢人现眼了？"

　　颜舒舒终于停止了抽泣，她埋下头，在书包里一阵乱翻，翻出好几张一百的红色钞票，站起身来努力往前倾，把那些票子一把拍到肖哲的课桌上，嘴里喊着："我们两清了！"

　　肖哲头也不回地把那些钱扔回颜舒舒的课桌，颜舒舒又再扔回去，肖哲又再扔回来，颜舒舒又再扔回去。教室里的同学们见此情景都哈哈大笑起来，有人在大喊："不要给我啊，我正好没生活费了！"上课铃声响起，老爽抱着教案从外面走了进来，我赶紧把散落在地上的钱和桌上的钱都收拾起来，一股脑儿塞进了我的桌子。

　　"有什么事放学再说吧。"事情已经到我不得不出场的时候，我只得小声对颜舒舒说。

　　她用力擦了擦已哭得红肿的双眼，对着前方小声地骂了一句："神经病！"

　　还好，这一回肖哲没有再回击。

　　下午是考试，连考两门。一直到晚上去食堂吃饭时，我才有机会问颜舒舒她和肖哲到底是怎么回事，颜舒舒说："我就是问他为什么还没把香水送给你反而送一个那么怪里怪气的东西，他就生那么大的气，怪我不该在你面前乱说，又说什么那东西根本就不是他送的，而且香水买来也压根就不是送你的，是送给她姨妈的生日礼物，谁信啊？你说像他这样胆小如鼠的人，算什么男人啊。"

我把几百块钱整理整理塞回颜舒舒的口袋说："他说的一定是真话，是你瞎想的吧。好好的他为什么要送我礼物。"

"那怎么会？"颜舒舒说，"他买之前一再问我什么样的女人该用什么样的香水，还拿你来举例。我看他八成是拍你的马屁不成，心里不舒坦，拿我出气！"

颜舒舒一路絮絮叨叨，吃饭时也不安稳，到处跑去跟人说话，绕了一圈后她回到我对面，苍白着一张脸压低声音对我说："不好了，要出大事了。"

她一向一惊一乍，我没当回事。

但她低头吃饭再不说一句话的样子还是让我相信好像真的有什么事情要发生。等我们吃完饭了快走到教室门口的时候，她终于开口了："听说我们学校有人得罪了毒药，他们来了一大帮人，今晚要拿他开刀，而且那个人不是别人，是……"颜舒舒说到这里，左看看右看看，这才继续说，"你能猜到是谁吗？"

我当然能猜得到。

我的心"咯噔"一下，不安的感觉弥漫全身，他到底还是不准备放过他。

"姓肖的脑子有屎，好端端地去惹这帮人。听说他们带了刀。"颜舒舒忧郁地说，"这回是麻烦大了。"

"告诉学校！"我对颜舒舒说，"你快去打电话给你舅舅。"

"你疯了！"颜舒舒说，"除非我想死。"

"那我去。"我才不信，这个世界没有王法了。

"马卓你冷静点，"颜舒舒拉住我，"你不知道厉害，不可以瞎来。"

"最多命一条。"我冷冷地说。

"看来……"颜舒舒哀怨地看了我一眼，叹了口气才酸酸地说，"你还是很在乎他的，对吗？"

什么鬼话！但我懒得纠正她。因为解释起来不仅要一大堆话，而且其中的理由连我自己也说不清。此时离晚自修还有一段时间，我看到肖哲坐在座位上，一面复习一面在啃一个干面包。我这才想起来他没去食堂吃晚饭，看来他真是被颜舒舒气得不轻，连食欲都没有了。我决定提醒他一下，只要他不乱跑，我不信那些人敢杀到教室里来。

可是我该如何提醒他呢？这对我来说，又是一个难题。

而且，我想的是，如果那个叫毒药的家伙想用这种方式逼我屈服，那他不是天字第一号大傻瓜是什么？我七岁起就知道，有勇无谋的人，永远不必害怕，像我那个整天喊着打打杀杀的小叔。从他昨晚和今天早晨轻浮的举动来看，毒药和我小叔一样，只是一个莽夫。我不要怕他，我暗自下了决心，随便他来哪一套，只要敢伤害到我，我绝对以牙还牙让他死无葬身之地！

但是，事情好像并不像颜舒舒描绘得那么恐怖。一直到晚自习过了一半，都没见任何风吹草动，我的心里安稳了许多。想必他也只是吓吓人，这下没准跟于安朵在快乐约会，根本顾不上别的事情了。教室里的香水味犹在，真是很好闻的味道。我对香水的了解和感知很少，除了她用的香水。那种味道和这种香味是完全不同的，颜舒舒用过，我问过她，她说香水的名字叫"毒药"。世上的事就是这么巧，我甚至在想，如果她在，对付"毒药"这种小流氓，简直就是小菜一碟吧。把他的头拎起来打转转，都不是没有可能的事。

就在我胡思乱想的时候，肖哲站起身来，往教室外面走去。

"喂！"颜舒舒喊住他，"你去哪里？"

"上厕所。要打报告吗？"肖哲说，"就算要打，你也不是班长。"

周围的人都笑起来。

"别去了。"颜舒舒小声说，"等下了自习再去吧。"

肖哲很不解地看了颜舒舒一眼，还是走出了教室。只见颜舒舒在座位上坐了半分钟左右，就跟随肖哲冲了出去。

我埋头做我的数学试卷，十分钟过去了，他俩谁都没回来。我这才发现，我捏着笔的手心，竟然全都是汗。

但我知道，我不能动。我不想中谁的圈套，我相信，如果他真的做了错事，自有人会惩罚他，但不是我。

我还知道，我不是佐罗，而且这一点，还是他教会我的。

_ 14

眼不见心不烦，我决定回宿舍。

我背着大书包抱着一大堆书走出教室的时候，颜舒舒和肖哲还都没有回来。

这时候的校园如此静谧，只有几颗寒星，在天空的北面微微颤抖。我喜欢令人沉静的东西，星星算一样。在县城的老家，我的小床紧挨着窗口，天晴时能看到星光。星空也是有脾气的，四季虽然往复更替，却也有时更明亮些，有时更暗，叫人捉摸不定。我仰头看了半天星星，脖子也酸了，于是扯出毛衣的帽子，套在头顶，加快脚步。差不多是半跑，平时十分钟的路程，我只用一半时间就已经到达。

学校为了省电，楼道里的灯要到放学前十分钟才开。我只能一个人慢慢踱进黑暗的楼道里，摸索着上楼。

不知是不是由于黑暗，我的耳朵显得特别灵敏。才上到二楼，我就好像听到楼上传来什么嗦嗦的声响，听上去又不像老鼠又不像脚步声。我不愿意承认我是害怕，但是我的手还是有些微微发抖。我把书抱在胸前，又上了一层楼梯，刚刚打算迈步向前，才看到在楼梯拐角那里，居然坐着一个人。

我没有凑近看，能看清楚的只有那双在黑暗里烁烁闪光的眼睛。但是就是那双眼睛，我一下子就辨认了出来：那是于安朵。

她应该是蹲在地上，不发出任何声音，就像蛰伏在那里许久的一只猫，浑身散发着一股令人不安的气息，浓烈而独特。

此时此刻，她在这里干什么，难道是等人？

这个女孩虽漂亮却古怪，每次见到她，我都有些说不出的紧张，感谢漆黑的夜幕给我借口，我并没打算为她停留，而是侧身错过她，继续往楼上走去。

可就在我经过她身边时，她发出了突兀的声音。"妓女！"

她的语气口吻，居然与记忆中那个瓮声瓮气的小女孩如出一辙。

随着这声冷静的侮辱，我的心一下子被拎了起来，时光仿佛倒退的过山车一般哗啦啦向我脑后驶去，冰凉从脚底往上渗透开来。

她是在骂我吗？哦，如果是的话，她一定是疯了。

时隔如此之久，我以为我已经离那些"恶"相当遥远，我以为再也不会有人洞察到我身上所携带的那似乎与生俱来的不友好和敌意，可是没想到它还是会随着那两个字排山倒海轻而易举就侵袭了我。

我的脸红了，飞快跑上楼去，一秒钟也不愿等。

我的身后再也听不到任何声响，而且我也已经分辨不清到底她还有没有再说话。我一口气跑到我的宿舍门口，迅速拿钥匙开门，仍然在喘息。

可是"意外"远远不止这一个，就在门推开后，我失声大叫，坐在我床边的竟然是他！而且他正对着窗外那点暗淡的光在津津有味地翻看我的语文笔记！

他怎么会在这里？！

"欢迎回家。"他合上了书本，对我做出一个敞开怀抱的动作。

好像我们早已经约好，而他只是专程等在这里一般。

"你到底要干什么？"

"想知道，就把门关起来。"他慢悠悠地说。

"我不想知道，你最好马上从我这里滚出去。"我大力把门拍开，大声吼道，"这是你最后的机会。"

"马小卓，冷静点。"他丢掉我的笔记本，站起身来，快步走到我面前，不顾我的反对，把我身后的门一把关上了。

"最多还有十分钟。"他说，"这里会人来人往。如果我当着大家的面亲了你，你说会不会上天中论坛版的头条？"

"你也没好结果。"我说。

"我？"他毫不顾忌地纵声大笑，"我顶多就是被你们这里的保安拖出去，天中的保安很菜的，揍人都不会。而且你说，像我这样天天往局子里跑的人，我怕个啥呢？"

他的话的确让我放弃了放声大叫的念头。是的，没错，他说得对，顶多再过十分钟，这里就会人来人往。我提前从教室跑出来，而他待在我的宿舍里，楼下还坐着他一脸恶意的女朋友，我就是长了一百张嘴，也解释不清楚。

我别过头去，希望这一切只是一场梦。梦醒之后，他是他，我是我，我们还是在两个完全不同的世界，永远都不会交集。

"她在楼下。"过了半晌，我提醒他。

"我知道。"他满不在乎地说，"不是她我怎么能上得来呢。"

这下我就完全不明白他在说什么了。

"你在吃醋吗？"不知道是不是因为我疑惑的眼神，他又把它当成一种嘉奖，且越来越靠近我，"我最讨厌别人拒绝我的礼物，而且你还把它扔进了垃圾桶。如果是别的女人，我早折了她的脖子。不过既然是马小卓的话，我想，我还是遵守我自己的承诺，亲手替你戴上它比较好。"

他一面说一面从脖子上取下那在垃圾桶里待过的"垃圾"。

这竟然真的是他随身带的东西。

"记得那天你说到护身符。"他说，"没错，这是我的护身符，我把它送给你，你知道意义何在吗？"

我想躲，但我不敢躲。走廊里好像真的已经传来别的女生的脚步声，我没有挣扎，戴就戴吧，他戴了我还可以再扔。我现在唯一的希望就是他能无声无息地从这里消失。好吧，我承认，我承认我没有成为新闻人物的勇气。

他满意地看着我苍白的脸色，满意地替我戴上那个鬼东西。然后，在我完全没反应过来的时候，他俯下身来，吻了我。

当我明白这是一个"吻"的时候，一切都已经晚了。这个吻当然不美妙，我甚至羞于用任何词来描述它。那一瞬间，我只是想起了那些螃蟹。去年过年时，阿南拎回来许多只活的螃蟹，奶奶把它们放在一只大桶里，用刷子刷它们的身体。半夜时，它们纷纷吐出泡沫，无数只脚在桶壁上发出摩擦的声音。我一直以为，那声音荡漾着一股邪气，因此晚上总是早早入眠，害怕听到。然而此时此刻，它们却仿佛聚齐在我耳边，越来越响越来越响，在这样的声音里，我简直无法逃遁。

我死死地闭着眼，不知过了多久才张开呼吸困难的嘴，狠狠地咬下去。

他轻轻骂了一声，把脸从我的脸上移开。我连忙瞪大眼睛，亲眼看着他舔了舔带血的嘴唇，然后，他很开心很开心地笑了，他用力一搂我的腰，我感觉自己好像整个人都快被他从腰部断成两截。他眯起眼睛看着我，用一种让我非常非常不舒服的咨询的口吻说："马小卓，你到底是从哪里冒出来的？"

我别过头去，不想看他丑陋的脸和丑陋的嘴唇。我竟然被这样粗鲁的人剥夺了属于我的初吻。简直是奇耻大辱、旷世之羞。

就在这时候，我敏感地感觉到身后有动静。本来就没完全关好的门好像被谁"吱呀"一声又推开了一些。

我吓得一转头，猛地往身后望去。

是于安朵。

她的身子半个露在门外，大大的眼睛像被人挖掉两块瞳仁，仿佛因为剧烈的疼痛，破碎的眼泪哗啦哗啦流个不停。说实话，我从没见过一个人这样哭，面无表情却泪流满面，刹那间，我竟然想起成都的雨，而她娇美的脸就像一扇透明的玻璃窗。唯一不同的是，她的眼泪无声无息，不像那些硕大的雨滴。我被那样的哭吓到，想张嘴，却一个解释的词都吐不出。

说来也可笑，此情此景，我能解释什么呢？

不过一秒，于安朵转身跑掉了。

我猛地推了他一下，示意他去追她，他却转回头，看着我笑了一下，然后像什么事也没发生一样地说："那个姓肖的，现在在教室，你说我还他一瓶开水，会是什么情况？"

我虚弱地对他说："你不要乱来。"

"再说一次。"他命令我。

"你会有报应的。"

"继续。"他挑衅。

我终于敢看他的脸。他的眼睛很大，眼珠非常非常之黑，以至于我能从里面看到我自己——一个无比狼狈、缩头缩脑、眼神闪烁的我。待我还想再看清些什么的时候，他的唇又要命地靠过来，在我的唇边，以无比轻柔的力道，轻轻地辗转了好几秒。

"不要再做坏事了……"连我自己都不明白为什么，我努了半天力，说出的居然是这样半句废话。

"你是在为别的男人求你自己的男人吗？"他笑起来。

"不！"我回转脸，用力挣脱他。可是我没有成功，我到今天才发现，男人的力气居然可以这样大，他只不过伸出一只胳膊，我就动弹不得。

"不过你要是说不，我就饶了他。"说完，他低下头，用两根手指捏起挂在我胸前的那个护身符，对我说，"我警告你，不许取，更不能丢，否则……"

他说到这里，故意停住了。我的脑子控制不住地跟随他的话语想象了许久之后，他才公布答案。"否则会死人的，信不信由你。"

不知道为什么，他越说死人，我倒是越想把脖子上的东西取下来，向他的脸上扔过去。我真想看看，马卓是个什么死法呢？

或许他说的"心里不怕表面装着怕"，就是这样子的？

不知是不是为了破除他对我的预言，我动也没动。

他的语气又变得出奇得温柔。"马小卓，我泡定你了。你是我的，你记住。以前的事我可以不计较，但从今以后，要是有别的男人敢对你有非分之想，那他就会死得很难看。"说完这句话，他忽然像松掉手中的秋千一样，松开我的腰，拿起放在我床上的那顶熟悉的卡车帽戴在头上，最后走到我身边，亲了亲挂在我胸前的那个护身符，又捏了捏我的脸，说，"再会。"

然后，他打开我宿舍的门，扬长而去。

我的大脑，仍旧一片空白，空白得像刚刚粉刷一新的屋子，白得掉灰。

不知道什么时候，我的听觉才恢复过来，听到整栋教学楼和楼下鼎沸的人声。

灯亮了。

晚自修结束了。

宿舍的人都回来了。

而我，仍然站在宿舍的中央，不知所措，像只被拔了毛的傻公鸡。

我走到自己的床边，脱了鞋，钻进冰冷的被窝里，两手抱着膝盖。我的嘴唇仍然释放着灼热的气息，这气息太强烈太强烈了，我甚至不敢伸出手指去触摸，害怕被灼伤。

我没有脱衣服，整个人滑进被窝里。

胸前的护身符直指我心脏的方向，我的幻觉告诉我，它随时都会在那里划一个小口子，把我的心取出来，去送给那个叫做毒药的人，任他把玩，任他尽情地观看甚至品尝。

颜舒舒好像在我的床边坐过一阵，也好像喊了我的名字。不过我都没有答应，也没有回转身来，我想她一定知道我在哭，所以她没有继续打扰我。我就这样一直保持着僵硬的姿势，眼睁睁地看着宿舍那面灰暗的白墙，泪如泉涌，无法遏制。

我有多久没有这样哭过了，我不知道，眼泪已经离我很久远，我已经想不起它的滋味的时候它忽然来袭，令我全身虚脱。可我知道，就算我把所有的眼泪都流干，也没法跟于安朵的眼泪相提并论。我想我真的能切肤体会并理解她的痛苦，我就像一个被灌了迷药的可耻的小偷，偷走了她最宝贵的东西，自尊、骄傲、梦想、爱情，一切的一切，纵然我是多么的心不甘情不愿，可事实就是事实，再也无法改变。

我还想到我莫名其妙被别人掠夺走的那个吻，想到阿南，如果这一切被他知道，在痛恨毒药的同时，他会不会也对我感到失望。我应该反抗的，不是吗，我怕什么呢？哪怕被一刀捅死，我也不应该用我的软弱来成就他的流氓行为。

我迷迷糊糊几乎快要睡着了，女生宿舍忽然传来一阵惊呼，宿舍的灯也好像忽然亮了，楼上楼下一片沸腾，我听到很多人在来回跑动。颜舒舒从床上跳了下来，跑了出去，大约一分钟后，她回来了，尖叫着说："不得了啦，不得了啦，毒药跟于安朵说分手，于安朵跳楼了！"

我想坐起来，可是我全身一点儿力气都没有，觉得心脏在那一刹那停止了跳动，灵魂飞出身体，只余一个无用的空壳。

15

天中的图书馆，是一幢小小的红楼。它坐落在花蕾剧场和主教学楼中央偏北的位置，好像一个温馨的花房一样小而宁静。也只有走进它的人，才会惊叹这里原来装得下这么多的书，像一个神奇的巨型收纳盒。这里通常只在周末和一三五的晚自习时间才对外开放。实际上，愿意来这里读书的人并不多，因为这里从来没有武侠传奇和言情小说，更多的是古籍和枯燥的数学杂志。对于天中的学生来说，平时的学习压力已经够大，如果休闲时再不读点"有意思"的东西，那简直是不可原谅的。

所以他们宁愿去书报亭，购买最新的体育画刊和时尚读本，只有我这种老古董才来这里。

我喜欢图书馆的椅子，很老的红色的木头，扶手那里因为年代久远而被磨得很光滑，像我儿时睡过的一张床，只有躺下去许久许久，才能闻得到藏在那古老纹路罅隙里的隐隐清香。

这是个周六的中午，冬天的阳光很奢侈地照着，我从书架上拿下一本《康熙大帝》，选了一个靠窗的位子坐下。

虽然我巴不得永远遗忘自己的过去，但一直以来历史都是我最喜欢的一门功课。我能记住每个年代发生的每一件微小的事件，喜欢去研究每一个历史人物的生平和性格，猜想一些在各种资料中未曾提到过的细枝末节。我在这门看似枯燥的课程里得到无与伦比的乐趣，学好它自然不在话下。

可是这一天，整整一小时过去了，纵然是面对历史书，我还是无法让自己静下心来。毒药的护身符贴近我最里层的衣服，此刻有些硌得慌。这个项链自从他替我戴上以后，我一直都没有取下它来。我很难去分析我一直不敢取的原因，我只是记得他走的时候跟我说过的那几个字："会死人的。"我并不是个迷信的人，只是对命运有种天然的恐惧。

不过，庆幸的是，于安朵那晚并没有出事，关于她的自杀，自始至终都是一场闹剧。后来我听说，她有自杀综合征，从小到大，她已经自杀过无数次，有时吃药，有时跳河，有时跳楼，有时割脉。她做起这一切来驾轻就熟，抑或如颜舒舒说得那样"百老汇味十足，哗众取宠"，只不过为了博掌声。

"还有，"颜舒舒趴到我肩上，宣布更骇人听闻的流言，"听说她妈是不折不扣的神经病患者！听说于安朵也有，只是没那么严重而已。"

传说终归是传说，我并没有完全去相信，更重要的是，我对这些八卦完全不关心。我总是无法忘掉那一夜月光下她的眼泪，心碎至死，大抵也就如此吧。出事以后，我们曾经遇到过好多次，她都像没有看见我一样，挽着王愉悦低着头离开。这样也好，我并不觉得欠她，如果真要说欠，欠她的人是毒药，她清楚这一点，就不应该来跟我计较什么。更何况在我"欠"她之前，她已将那句恶毒的报复性的话提前说出。

所以，当她忽然出现在图书馆，并且在我对前坐下来的时候，我还是微微有些惊讶，不过我很快镇定下来，静等着她开口。

她却良久不说话，估计是在酝酿措辞。我很耐心地等她。今天她穿了一件黑色的大衣，不知是什么材料，近看，蝴蝶袖口似乎纹着些许花朵枝蔓。微卷的头发用米白色的发圈系成一个马尾，露出极完美的瓜子脸，干净，没有妆容。我对穿着一向没有研究，但仍然看得出这样打扮的女生才能叫清丽。天中的规定，周末可以自由穿着，于是平日里普普通通的女生们在这两天总是尽力花枝招展，可是于安朵，衣着对她不重要，不管她怎么穿，她都是美丽的。

我的心里升腾起一种不知什么奇怪的情愫，是嫉妒？吃醋？抑或是羡慕和欣赏？

"马卓，"她终于开口，"十二岁的时候，你在哪里呢？"

我完全没想到她会问我这样一个没头没脑的问题。十二岁的时候？

是的，我记得那年的夏天，准备上初一的暑假。我跟阿南要了钱，跑到镇里唯一的理发店去理发。

我坐在那大大的陌生的理发椅上，耳边传来"咔嚓咔嚓"的声音，我不够高，看不全镜子里的自己，只能望到半边脸以及盘旋在头顶的那把银色冰冷的剪刀。坐在我身边的是一个和我差不多大的小女孩，她的妈妈穿着一条米白色的裙子，半蹲在她身边，手里拿着一瓶芬达，里面插着长长的吸管，只为给正在理发的小女孩喝一口。

那一个中午，我也很渴。

但是我心中更迫切的，是要告别长发的愿望。

那个时候，所有在小学时短发的女生都在纷纷蓄发，只有我选择了结它。回忆起来，那应当是我少女时代的开端。因为我第一次体会到了自己极力要求跟别人不一样的心情。

她陷我于回忆，却显然并不在意我的答案，自顾自说下去，声音平静，像在讲一个别人的故事："十二岁的时候，我读初一。我奶奶在我开学前一天病重，我爸我妈都抽不开身。他们把学费给我，让我自己去学校报名。我胆子很小，抱着装着八百多块钱的包走在路上心乱跳。他盯上了我，在我要上公交车前抢了我的包。

"我发疯一般一直跟着他跑，几乎跑遍大半个城，直到在一个面馆门口停下，他进了面馆，把我的包扔掉，只拿出钱包，从里面抽出一百块，要了两大碗面，就津津有味地吃了起来。不知道为什么，我一点也不怕，我把我的包捡起来，再把钱包从他手里夺回来。然后我跟他说，我以后可以请你吃面，你不要再偷了。

"从那以后，我们就认识了。我忘不了他吃面条的样子和看着我的表情。那天他穿得很少，看上去非常肮脏，他只比我大两三岁，但个子已经很高了。看着我的时候，是带着火焰一样的眼神。你要知道，因为他，我对一整个学校别的男孩子，所有的幻想都结束了。我清楚，这是爱情。十二岁的爱情，我知道有很多人都不会相信，但是，我自己知道，我是真的。

"我认识他时，他父亲服刑，母亲生病，有一个同父异母的比他大十岁的姐姐。后来，也就是我认识他的那一年，他们都死了。父亲死在监狱里。他们也很少见面，那个家里常常只有他一个人。第二年的春节，大年三十，我趁我爸妈不注意，带着我的压岁钱，偷了一大堆吃的，还有我爸的烟，跑到他家去陪他。结果他把我撵出门，大声地叫我滚，我不愿意，他非要关门，我的手指差点被门夹断，回到家里，腿又差一点被我爸打断。

"后来，我爸为了让我离开他，把我送到南京去读初三，我没有路费，在高速口拦人家的货车，求人家带我回家。那时是冬天，很冷，风很大，我坐在货车的后面，差点变成一根冰棍。见了面，他把我抱起来，甩得老高老高，甩得我差点背过气去。我以为那就是永远，我终于得到了我想要的一切，我比好多女生都要幸福。

"谁知道又过了一年，我十四岁，他不到十七岁吧，他爱上一个比他大八岁的老女人，我跳河，吃安眠药，割腕，都没有用，他还是跟着她去了广州。我天天哭，不上学，我爸只好把我接回身边，还带我去医院看病。我知道自己没病，但我就装病，吓我爸，也吓医生，因为这样我就不用考试了。想他的时候，我就跪在地上求上天，整夜整夜地求，希望他能回来。

"不知道是不是上天真的被我感动了，中考前，他忽然和那女人分手，又忽然出现在我面前，我才不治而愈，并奇迹般地考上天中。我知道他很有女人缘，我一直都很容忍他，我们经历了那么多才能在一起，只要他不离开我，不管他喜欢做什么，都没有关系，你知道吗？"

她终于说完，每个惊心动魄的词语从她嘴里说出来，语气都是那么平静。而她的表情，也不过像刚刚结束背诵一篇冗长的英文课文，只有微红的面颊宣告了她在说这些话的时候有多么费力气。

现在，她在等我表态。

"可是这是你的故事，跟我有什么关系呢？"我不想让她听出我的动容和震惊，只能这样回答。

她却声音急促地问："他的护身符，是不是在你这里？"

我惊讶地抬眼，手下意识地想去捂住胸口，好不容易才克制住。

"我想请你还给他。"于安朵说，"你知道吗，他跟人打架，被打得半死不活。医院查不到伤，他却发高烧，说胡话，上吐下泻，看了医生，吃了好多药都没用。夏花说是中邪，那个护身符是他十二岁本命年的时候一个高僧送他的，不能丢，丢了他会死掉。"

会死掉的。

我耳边又响起了他说的那四个几乎如出一辙的字："会死人的。"我伸出手，捂住耳朵，想让那些萦绕在我耳边的咒语消失，但收效甚微。

他为什么又要去跟人打架？为什么就这么管不住自己！

"求你，好吗？"于安朵居然把手伸过来握住我的手。

我触电般丢开她潮湿的双手，有点清醒过来。我应该当机立断取下我脖子上的东西，让她拿去，还给他。这对我本就不应该是什么珍贵的玩意儿，不是吗？可是，我还是做出了我意想不到的行动，我站起身来，完全不理会于安朵的要求，而是用跑的速度，离开了图书馆。

半小时后，我站在了那个巷口。

我循着记忆慢慢往前走，十三弄二十七号，没错，应该是这里。我记得那个暗黄色的大灯泡，还有停在不远处的那一辆小小的车。我才发现车是绿色的，这一次它被洗得很干净，像一个铁虫子，安安静静地趴在那里。我反反复复地对自己说，亲自把东西还给他，我就走。我来，只是为了亲自把东西还给他。还给他，我就走，一分钟也不停留。

门紧闭着，我正犹豫着要不要去敲门的时候忽然看到有两个人高马大的男人气势汹汹地走了过来，他们飞快地走近了夏花的车，手里各自拎着一个铁桶，铁桶倒出汽油一样的东西，从车头一直浇到车尾。

做完这一切，一个男人拿出了口袋里的打火机。

"住手！你们要干什么？"我也不知道是从哪里来的勇气，冲上前去，拦住了他。

"不想死就滚开！"那男人大声凶我，手里的打火机蓄事待发。

"不要！"我跳起来，抱住他的胳膊拼命往下拉。他甩不开，手也使不上劲，就在我们拉扯之时，门砰的一声开了，我看到夏花跳了出来，大冬天的，她只穿着一件波西米亚的睡裙，趿着一双脏兮兮的毛茸茸拖鞋，手里拿着一把菜刀，二话不说，上来就要砍人。古话说得好，狠的还怕不要命的。那两个男人见状，立刻扔下铁桶落荒而逃，只听见夏花破口大骂，声音能传到千里之外。"烧我的车！你给我带个话给于秃子家的疯婆娘，我要杀她全家！"

我弯腰从地上捡起那个男人掉下来的打火机，小心翼翼地塞进口袋。

夏花看我一眼，一言不发，提着刀走回家里。没过一会儿她又出来了，身上多了一件很厚的军大衣，外加手里两大块绒布，扔一块到我脚下说："帮忙啊。"

我捡起布来，跟她一起擦车，汽油的味道很浓，我差一点就要呕吐，我仰起头来深深呼吸，却听到耳边传来两声"砰砰"！我以为车爆了，吓得赶紧往后一退，恶作剧成功的夏花却哈哈大笑，把那张臭烘烘的绒布当道具在手上甩开了花，唱戏一样拖着嗓门指着我说："小妞，今天谢啦，你胆大跟我有一拼咧。"

她用了相当长的时间来清理她的车。后面的事情她没再让我做，只是让我帮她看着路人，不要让抽烟的人经过。我靠在门边，看她的一举一动，不觉厌倦。她真的太像她了，就连皱眉的样子，都一模一样。

是谁要烧她的车，难道就连这一点，她也和她一样，有很多的说不清的敌人吗？

黄昏来临，阳光一点一点地褪去。等她终于忙完了，她走到我面前，对我说："谢谢啊，小美女，今天多亏了你，要不这里就是一片汪洋火海了。"

小美女？我记得她曾经讽刺我长得丑。

"找他？"她重重地拍我肩一下，朝我扬了扬下巴说，"进去吧，他躺在那里，几天没吃了，像个死人。"

"为什么？"我问她。

"我知道为什么就去医院当医生了。"夏花扯着我进门，"来吧，站半天了，进来喝点水吧。"

我被她拖拽着进去了，走过院子里的小径，跨进了堂屋，堂屋里那张小圆桌还在，只是今天没有放火锅。地上除了一把她刚才扔下的菜刀，还七零八落地放着好几个花花绿绿的编织袋，看这样子，竟像是要搬家。

"我要带他回镇上去住一阵子。"夏花说，"或许那里的空气对他有好处。"

"他到底怎么了？"我问。

"估计是被人打傻了。八个打他一个，他真当自己是超人。还好没见血，但皮肉之苦也够他受的。哦，对了，"夏花说到这里，走到里屋，很快又走回来，摊开手心对我说，"我没记错的话，这就是你上次要的东西吧，他就是为了跟人家抢这个才动粗来着。"

黄昏最后一缕光线努力地照射着，夏花手里的坠子却发出闪亮的光，如果我没猜错的话，那应该是肖哲的小金佛。

我一阵晕眩。

"拿去吧。"夏花把它塞到我手里，"一看你就是乖小孩，快回学校去，以后不要再来找他了，听到没有？"

我一把推开夏花就往屋里冲，门是虚掩着的，我进去后第一眼就看到了躺在那张大床上的他。他好像瘦了许多，脸颊那里完全塌了下去，闭着眼，脸上青一块紫一块，我迈着很轻的步子走近他，我很怕惊醒他，却好像又希望着他会睁开眼睛来，对我大吼一声："马小卓，你来这里干什么？"

可是这一切并没有发生，我又看他一眼，看清了他嘴唇上已经结了痂的伤口。宿舍里那一幕又不由自主地涌上我的心头，我的脸好像忽然被烫到了一般的疼。

那只吓过我的大黑狗，此刻安安静静地趴在他身边的地上，身体里发出类似呜咽的声音，此刻和他的主人一样，不知是醒是睡。

"好不容易才睡着。几天没吃了，吃什么吐什么。"夏花端着一碗水在我身后出现，"要是醒了，你替我喂他喝点水看看。我还要去收拾·下东西。"

"哦。"我把水接过来，呆站在床边。

不知道是不是站久了的缘故，房间里的味道和光线都让我慢慢地适应。碗里的水渐渐地凉了，而他一直都没有醒来。我把水放到他的床头，从脖子上取下他的护身符，放在他的枕头边上，我很想伸出手，去摸一摸他脸上的那些伤痕，问问他疼不疼，但这终究只是一个想象中的动作，我冰凉的手只是背在我的身后，一动没动。又过了几分钟，我决定离开，我没有跟夏花打招呼，也没有惊动他脚边睡着的狗，而是像个小偷一样偷偷溜出了他的家。

再见夏泽，祝你幸福平安。

我发誓，我真的真的是真心的。

16

冬天越来越深。

信息课的时候，我在天中的校园网上浏览一篇作文，作文的名字叫《天中的冬天》，它的开头是这样："天中的冬天，没有声音没有色彩没有一切的一切。我努力地睁大眼睛，是为了寻找梦想留在我心头的那一丝绿色。但，我还是那个有'梦想'的女孩吗？在这个没有四季的城堡里，我看天使都是不愿意停留的吧……"

这篇矫情的作文出自一位高一的女生之手，她有个很嗲的网名，叫"忧忧"。虽然我并不知道她是谁，但我毫不怀疑的是，她在养尊处优的环境中长大，根本就不明白真正的"忧愁"会是种什么样的撕心裂肺的味道。

但是，我羡慕她。

像我羡慕天中其他所有的女生一样。

我知道我一辈子都没法和她们一样。我不会她们那样的争奇斗艳地打扮，不会用她们那样的语气说话或是撒娇，我也永远写不出像这样的"诗情画意"的作文，就像老爽盯着我的作文本摇摇头说："马卓，你这样的文风是不能适应高考作文的，能不能改一改？"

他给我那篇作文一个中等的分数，不然，我依然可以是这次期末模拟考的第一名。

所以这次得第一名的，是肖哲。

尽管竭力掩饰，但他还是没法把他的得意洋洋完全地藏起来。那两天他仿佛走路都不会，头看着天动不动就歪歪倒倒，还安慰过我不下三次："两分差距而已，你很容易赶上的。"我发誓，我根本就不在乎那两分。第二名，第一名，在我看来完全不重要。对于成绩，我有足够的自信所以一向想得开，如果让我为了分数像肖哲这样累死累活地活着，我觉得我还不如死了算了。

信息课的教室很大。大家的屏幕都开在校园网的主页上。整个教室里都弥漫着小声地讨论，并且夹杂着笑声，又嘈杂又热烈。肖哲从后面好几排丢过来纸条给我，上面写着他的QQ号，意思当然是让我加他。

我从不用QQ，所以我没有理会他。我关掉那篇无病呻吟的作文，进入了校园网的论坛。刚刚打开，就看到一个醒目的标题：校花于安朵"艳照门"专题。我的天，我终于明白，为什么今天信息课上的气氛会如此之诡异。可怜的美女于安朵，看来她始终逃不脱做新闻人物的命运。

我想都不想就打开了那个所谓的"专题"。我承认，自从她对我讲过那个我至今不愿相信的故事之后，我对她就有了些说不清道不明的好奇心。不过打开后才发现，所谓"专题"，实际上也就是于安朵的几张照片，而所谓"艳照"，也只是有一张是夏天照的，她穿了一条露肩的小裙子罢了。不过发帖者在下面威胁说："请'神经病'滚出天中！不然，会有'更好看'的照片一一登出，希望识相！"

下面的跟帖者已经是一大堆，有表示同情的，有幸灾乐祸的，有翘首等待的，有嗤之以鼻的，大家在论坛上穿着马甲，个个都文风自如，远不像写作文时词汇量那么窘迫。

"情敌太多了！"颜舒舒在我耳边叹息说，"那个毒药，名副其实，不能沾的，我看于安朵啊，是红颜薄命！迟早给他害死！"

我转头看窗外，发现窗外又下起了雪，这个冬天南方的雪下得前所未有的放肆，就像我一颗安分多年的心，前所未有地不受自己控制。我没有问起毒药的情况，虽然颜舒舒也许会知道一些。我好像已经有很久没听人提起过他，不知道他的病好了吗，不知道他现在会在哪里？我不是不想问，我觉得我是不能问。这些天来，我习惯在教室里待着，除了睡觉，我很怕回到宿舍，我也跟他一样，犹如中邪，他来过的地方，好像总是弥漫着他独特的味道，让人晕眩，驱之不去。

我不知道我在躲什么。

仿佛是命中注定，那天信息课刚下，就在操场上和于安朵不期而遇。她穿着单薄，白毛衣，一条红色的裙子，远远地走过来，紧抿着嘴唇，表情似有天大的委屈。雪下了一阵，渐渐地小了，我们都没有打伞。我下意识地放慢了脚步，她一定是看见了我，但她没有停留，也没有跟我说一句话，独自走远了。

我在猜，她的包里会不会放着两把同样的伞？那把被我丢掉的伞，我还一直都没有赔给她；我还欠她一封信，一个永远都解释不清楚的误会。不过现在，他们应该和好如初了吧。当然，这是在他的病已经好了的前提下。

肖哲从我的后面跟上来，他在吹口哨，好像是周杰伦的《青花瓷》。他的技术一般，把一首好听的歌吹得断断续续毫无感情，我没有回头，直到他加快脚步，和我并肩，停了他的口哨问我："马卓，你这个周末回家吗？"

"不回。"我说。

"我想请你去我家做客。"肖哲结结巴巴地说，"当然，还有很多别的同学。因为，因为是我的生日！而且，就要期末考了，也给大家鼓鼓士气，一张一弛文武之道嘛，你说是不是？"

"生日快乐啊。"我说，"我看我就不去了。"

"为什么呀？"他拖长了声音很白痴地反问我。

"对不起。"我说，"我家里有事。"

他反应倒快，说："不是说不回家的吗？"

我迟疑了一秒。"我爸会过来看我。"

"那，要不，也邀请他。不知道他愿意不愿意和我们这些小朋友玩？"

十八岁还管自己叫小朋友的，这个世界上除了肖哲还会有别人吗？

"我爸是个好厨子。"肖哲继续游说我，"你一定要参加的。

我都跟我爸吹牛了，这回我要请个女状元到我家做客。"

"现在你是第一了。"我提醒他。

他好像没听见似的，居然停下来不走了，涨红着脸，着急地说："马卓，你一定要去的，不能不去的。马卓，你不会因为我是第一了，你就心里不好受吧？其实，你完全不必要担心的。反而是我，想起你这个第二名，我才难以入眠！"

说完最后一句，他就好像意识到不对，低下头脚底狠命地在雪白的地面上踩出了一个巨大的脚印。

我正好看到他露出的脖子。那个小金佛又回到了原本属于它的地方。因为懒得费心解释，所以我并没有亲手交给他，而是去了邮局用特快专递寄给他。收到的那一天，他激动得不知道怎么办才好，还买了汉堡和薯条请大家的客。失而复得也算是人生最美好的一件事吧，我还是很为他高兴的，只是欠毒药一声谢谢，不知道还有没有机会亲口说给他听。

今天的肖哲戴了一顶有些滑稽的帽子，整个脑袋被包在一个墨绿色的毛线头箍里，上面还有点点雪花，看起来还挺有趣。

"想什么呢？"肖哲终于抬起头来，又一次定定地看着我，用请求的口气说，"别想了，参加吧，好吗？"

我正不知道该如何回答，幸亏颜舒舒解救了我，她从后面举着一把和青蛙皮一个颜色的小伞跑了过来，大声喊："马卓，马卓，你的笔记本落在信息教室了！"

"哦。"我说，"我饿了，你陪我去小卖部买点吃的好吗？"

"我这里有奶黄包！"笨丫头颜舒舒用脖子夹着伞，拉开书包，赶紧给我献宝。

"我不想吃甜食。"说完，我拉着她就往小卖部的方向跑去。颜舒舒被我拉着一路小跑，气喘吁吁，连声问我："他请你了么他请你了么？"

"什么？"

"肖哲生日啊。"她说，"他怕被你拒绝丢面子，求我几次让我跟你说，我鼓励他自己讲来着。"

"嗯。说了。"我停在小卖部门口，恳求颜舒舒说，"麻烦你跟他说我不去了，你也知道，我不太习惯那些场合。"

"这样很不好，马卓。"颜舒舒看着我，很认真很认真地批评我说，"你知道肖哲亲自来请你，他鼓了多少的勇气吗？可是为什么你总是这样别别扭扭的呢，其实很多事情，你真的不必这么介意的。大家都只是朋友，不是吗？"

说完这一句，颜舒舒把那个奶黄包塞进我手里，头也不回地跑掉了。

我立在那里。

没有人跟我这样子说过话。马卓从来都不是讨人喜欢的人，马卓也从没妄想过做讨人喜欢的人。是的是的，我早就习惯这样，可为什么她的话却总是让我心像被一根又大又粗的针狠狠地扎了一下。不，不止她，或许还有肖哲。老实说，他对我的喜欢，我是能感觉到的吧，我只是不愿意承认。这样的喜欢不含杂质，跟那个叫毒药的人对我莫名其妙的侵犯相比，这样的感情是更为纯洁和令人珍惜的吧，我为什么要拒绝呢？

我得不出答案。关于情感的问题，我好像没有遗传她的天赋和本事。

我回到教室，发现桌上放着的依然是那个圆头圆脑的热水袋，像什么都没有发生一样，颜舒舒微笑着对我说："早上忘给你了，我刚才跑回宿舍拿的，累死我了。对了，电充完了，热着呢。"

我说谢谢，然后把热水袋塞进我的大衣里。温度隔着衣服慢慢传过来，我一直在想颜舒舒形容我的那个词"别别扭扭"。

老实说，这个词像面镜子，让我第一次对自己的为人感觉到些许的羞愧。或许，我真的应该改一改？

周末阿南来看我，他还是那样，拎着大包小包，还有奶奶替我织的一条很大的围巾，深蓝色，可以包住我整个的上半身。他带我到学校的小食堂，我们吃了一顿丰盛的晚餐，他最喜欢的红烧肉外加我最喜欢的西红柿炒鸡蛋。外面雨雪交加，但小食堂的灯光明亮，空调也很足。我把颜舒舒的热水袋给他，让他暖暖手。

"这东西挺好。"他说。

"同学借给我的。"

"同学对你挺好。"他说。

"女生。"我说。说完了立刻感觉自己画蛇添足得可笑，于是赶紧喝茶掩饰自己的窘态。

"呵呵呵。"他倒是没介意我心里可笑的小九九，忽然身子往前倾，压低声音，带着神秘的表情对我说，"我有个大计划。"

"什么？"我问他。

"我想在市里开个店。"他说，"地方我都看好了，离天中很近的，明年春天就实施，这样一来，你就不必住在学校里了。"

"真的？"

"真的。"他说。

"谢谢你。"我说。我知道他这么做，都是为了我。

"要考试了吧？"他问我。

"是的，下周四，考完就放假了。"

"我来接你！"阿南说，"哦，对了，我还给你带了样东西。"他俯身，从他的随身包里掏出一个红色的小手机递到我手里说："你看喜欢不喜欢？"

我责备他说："你又乱花钱，奶奶该讲你了。"

"奶奶让我给你买的。你在学校，老用公用电话多不方便啊，快看看，喜欢不喜欢，我挑了好久，售货员告诉我，这是女生最喜欢的一款。卡我放上了，钱也充好了，号码我也记下了，能开机的时候都开着，我找你方便。"

生活上，我从不对他提任何要求，可是，他也从来都是这样宠我。我忽然想到，如果有一天，我挣了很多很多的钱，我该给他买什么他最喜欢的呢？

可他又最喜欢什么呢？

我才发现，我从不知道他的喜好，他不抽烟不喝酒，不打麻将。又或者，他对所有的一切都无所谓，什么都是好的，久而久之，变得没有特别的喜好了吧。

这样一想，我简直没有不感动的道理。

噢，或许他应该找个贤惠的妻子，照顾他的吃吃喝喝。他不能一辈子就记着个早已不在的林果果。

"你好像瘦了？"他当然不知道我的胡思乱想，而是担心地看着我。

"没有。"我摸摸自己的脸颊说，"我同学今天早上还让我减肥来着。"

"不要减！"他着急地说，"别去学那些女孩子吃那些乱七八糟的玩艺儿，对身体可不好！"

"知道啦。"我说，"放心吧。"

"嫌我啰嗦？"他故意不满地说，"听我的话没坏处。"

他并不是一个啰嗦的人，对我的要求也从不过分，只是我们有些日子不见，他需要用这种方式来表达对我的关心。我很受用地点点头。吃完饭他把给我带的一大堆东西送回宿舍，我则拿了伞，一直把他送到校门口。看到他的车停在那里，车顶上全是雪。

这是夏天的时候他才买的新车，蓝色的，不大，客货两用，他很爱惜，差不多每天都洗一次，也从不让人在车里面抽烟。

"爸。"我问他，"车被人浇了汽油，擦掉了，还要不要紧？"

"你问这个干吗？"他好像被我的问题吓了一大跳。

"我瞎问的，雪大，开慢点。"我叮嘱他。

"听闺女的。"他笑着说完上了车，我目送他的车消失在雪地里，眼睛不知道是不是因为被雪的颜色所刺激，居然想要流泪。

这个世界上我唯一的亲人。我该如何让他知道我真的很爱他？

我回到宿舍，研究我的新手机，颜舒舒一把抢过："我看看，哇噻，是诺基亚5330，这个放音乐的效果特别好哦。噢，你爹对你真好，真让人羡慕啊。"

"难道你爸爸不是这样吗？"我问她。

"算了，我那个老爹，整天除了数落我什么也不会。手机都给他没收掉啦，说我短消息发得太多！"颜舒舒叹息说，"你呀，是身在福中不知福哦。对了，明天上午去肖哲家给他过生日，你到底去不去？"

我沉思了一下说："可是，我不知道送什么礼物好。"

"这还不简单！"颜舒舒用力拍我肩一下，"你报个价就好，送什么包在我身上，我保证给你选个好东西！"

"太贵的我可买不起，你别赚太狠了。"我正色说。

"那难说。"她嬉笑着答，"我做点小本生意容易嘛。"说完，她掏出一个小画册来，册子上都是些稀奇古怪的东西。

"全是最时尚的。"颜舒舒说，"你随便挑，我成本价给你，保证不赚你一分。"

我在送礼这件事上高度白痴，除了上次给阿南买的那双鞋，我几乎没送过别人什么礼物，更别说是送一个男生礼物了。我挑来挑去，也不晓得挑什么好，颜舒舒一直鼓动我买一支兰蔻的男士洗面奶，一支小小的洗面奶要二百块，还是折扣价，我心理上没法接受。她又让我买一件白衬衫，说是什么牌什么牌的，超A货，跟专柜没什么两样。可是，送衬衫是不是太过暧昧了一点，我可不想冒这个险。最终我选的是一个万能手电筒，那个手电筒很有新意，可以当手电筒，拆开来里面是一套餐具，可以在野餐的时候用。

"也好。"颜舒舒同意了，"吃生日餐也用得着哦。"

那个手电筒的价格是一百二十八元，我从口袋里掏钱给颜舒舒，她接过，找零给我，两元硬币我说不必了，她还是硬塞给我。然后，她收拾好她的包，把那个小册子小心地放回去，告诉我她今晚要回家住，明天一早去拿货，到时候把礼物包好替我带过去，我们上午十点在肖哲家小区门口碰头。

"有多少人去呢？"我还是有些忐忑。

"多少人去都抵不上一个你去呀。"颜舒舒嘻嘻哈哈，没正经话。我忍不住伸手打她，她背着包飞快地逃离宿舍。

吴丹他们早就回家了，宿舍里又只有我一个人。我去盥洗室洗了脸回来，推开门的一刹那，空气中那种味道又要命地袭击过来，我神经质地捏了捏自己的鼻子，赶紧回到床上，用枕头蒙住自己的头，打算睡觉求得安稳。门却吱呀一声又被人推开，我吓得尖叫一声坐起来，才发现是颜舒舒。

"回不去啦，回不去啦。"她喊着，"雪下得老大了，公交车停了，也喊不到出租车，听说路上出了好多起车祸！"

我站起身来，看了看窗外，才发现雪真的下得太大了。我长这么大，从来都没有见过这么大的雪，它铺天盖地，像是要把整个世界活活吞没，昏暗的路灯下，天中已经变成了一个白色的小城堡。

我忽然想起阿南，不知道他到家没有。我赶紧拿起新手机拨打他的电话，电话那头传来的声音却是："你拨打的电话已关机，如对方是江苏用户，请在挂机后拨打当地的12580……"

阿南业务繁忙，在我的印象里，他从来都不关机。一股不祥的预感冲上我的心头，我立刻转拨家里的电话，没人接，没人接，没人接。

怎么回事？难道奶奶也不在家吗？

我在宿舍里呆站了两分钟，又打了阿南的电话两次，还是不通。当下我就大脑短路不知所措。关机？没电？不可能的，在食堂的时候，我还见他接过一个电话。我又想起了送他走之前，那辆小车歪歪扭扭的在雪地里前进的情景。我转过身来，背上我的小包，套上我的球鞋，捏着手机，不顾颜舒舒在我背后的大声呼喊，一头冲出了女生宿舍，冲进了茫茫的大雪里。

17

我曾经以为，我最怕的是雨。但当大雪差不多漫过我的脚踝，漫天飘舞的雪片遮盖我的眼睛，让我差一点辨不清方向的时候，我才明白，雪的威力远远大于雨。旧雪未化，新雪又来，路上全是积雪，我的旧球鞋很快就进了水，变得冰冰凉。我好不容易才跌跌撞撞地走到校门口，传达室的保安大声隔着玻璃朝我做着手势，意思是要关门了，让我不要再出去。我不管不顾地冲出校园，没想到颜舒舒也跟着我冲了出来，她打着伞跟在我后面，因为雪地滑，走得很慢，还没追上我就大声问："马卓，你要去哪儿？"

"我要回县里。"我转身对她说。

"你疯了！"颜舒舒朝我招手，"没车了，路也不好走，你怎么去？"

"我爸爸今天开车回去的！"我举着手机冲着颜舒舒大喊，"他到现在都没回家，手机也打不通，家里电话也没人接，我一定要回去看看！"

颜舒舒终于赶上我，一把抓住我的胳膊，喘着气安慰我说："安啦，他也许是手机没电了，也许是路上不太好走，也许是什么事耽误了，你先别着急嘛，要不我们先回宿舍等等消息再说？"

可任凭颜舒舒怎么劝，都没法将我心里那种忐忑不安的感觉给劝下去。我太相信自己的直觉了，它常常敏锐得像一根针，一刺一个准。就像很久很久前的一天，也是一个周末，我还躺在床上，她弯腰对我说要出去一下，想吃小笼包。我当时心里的感觉就跟现在一模一样。那天她走了，就再也没有回来，如果我当时留住她，兴许一切就不会发生了。

所以，这一次，无论是什么，都阻挡不了我要回去的决心。但是，天不遂人愿，路上真的是一辆车也没有，别说出租车了，什么车都不见经过！

我决定不在校门口傻等，而是走到前面大路上去碰碰运气。

"别傻了，没用的！"颜舒舒拉住我，"出租车全停运了，你看这雪，谁敢开啊。马卓，算我求你了，你就跟我回去吧，回去慢慢打电话，一定能打得通的。实在不行，等天亮了，我让我爸找辆车，送你回家还不成吗？"

我觉得不成，我真的觉得不成，我就是觉得不成。

没有阿南的消息，我一分一秒都不愿意再等待。我咬咬牙，把手机塞进口袋，抢过颜舒舒手里的伞说："伞借我，我到前面去碰碰运气，你回宿舍去，不用管我。"

"好吧，我陪你。"颜舒舒见拗不过我，只好下定决心。

"不用。"我推她，"你快回学校，要关大门了！"

"我说我陪你!"她冲着我大吼,"我们是朋友,我不可以这样丢下你一个人的!"说完,她伸出右手抢过我的伞,又伸出左手坚决地牵住我的右手,替我把伞打得高高的,就这样拉着我深一脚浅一脚地往前走去。

虽然隔着两只手套,但我的手心那里还是传来了异样的温暖,难道这就是别人所形容的那种"友谊"吗?我从没想过它是如此的美好,像一盏小小的烛火,神奇地点亮了我心里一个从没亮过的小小角落,赐给我源源不断的力量,仿佛眼前的雪,也渐渐变得微不足道起来。

可是我们没走出去几步呢,眼前忽然就变得一片漆黑,路灯忽然全灭了,整个城市陷入了一片黑暗。我和颜舒舒吓得抱在一起,不敢再往前走了。

"我的妈,断电了。"颜舒舒小声地问我,"怎么办?"

回去?还是继续?

我知道我要是不提回去,颜舒舒是绝不会回去的。可是话又说回来,我纵是再焦急再担心,也不能如此自私,拖着颜舒舒跟我受苦呀。

就在我举棋不定的时候,远处忽然来了光亮,是一辆车,它离我们越来越近,虽然雪很大,但车速却不慢,地上的雪被车轮溅得飞起来,吓得我和颜舒舒赶紧闪到一边。

车子就在我们面前停下,我看到好几个天中的学生从车上跳了下来,他们都穿得五颜六色漂漂亮亮,此刻正在把肥大的校服往自己的冬衣上奋力套,一个个看上去都兴高采烈的样子。车灯照着我的脸，让我的眼睛非常的不舒服，我低下了头，拉着颜舒舒想绕过他们，却不小心和迎面来的人相撞。定睛一看，竟是于安朵。她的鼻尖通红，整个脑袋都包在一个五颜六色的绒线帽里，眼睛亮亮的，表情说不出的兴奋。她一把拉住我的胳膊，再看看颜舒舒，很高兴地说："哇，好大的雪呀，是不是很有意思呀。我们刚去郊区玩雪回来，你们也是的吗？"

颜舒舒看着那辆越野车问于安朵说："你朋友的车？"

于安朵却看着我点了点头。

"商量一下，借一下可以吗？"颜舒舒上前一步，低声对于安朵说，"我们有急事，想去县里，给个友情价，如何？"

"县里？"于安朵说，"路太难走啦，我们从郊区开回来就开了一个多钟头呢！还去县里？太危险了。"说完，她回头看了看车里，抱歉地对我们摇摇头说，"再说，我朋友还有别的事呢。"

颜舒舒无奈地转头看我。

我心里的那个后悔就别提了，早知道雪会下成这样，我死活也不会让阿南回去的呀。就在我完全失去了主张的时候，却看到越野车的车门打开了，一个声音从里面传了出来。"马小卓，上车！"

那熟悉的声音差点让我站不稳脚跟，是他！真的是他！

我救过他两次，命中注定，他应该还我一次。于是，我想也没想，不顾于安朵和颜舒舒或惊奇或痛恨的目光，踏着雪，歪着身子飞快地跑上前，拉开那辆车副驾驶室车门就一屁股坐了上去，就在我刚刚坐稳的那一刻，他就发动了车子。透过模糊的车前挡风板，我看到大雪里的于安朵，她奋力往前走了好几步，好像要追上车，又好像只是来确认一下，那个坐在车上的人，到底是不是我一样。可是我身边的这个疯子开起车来居然比夏花还不要命，我们一路疾驰，三分钟就到了前面的大路口，确定后面没有人追来，他才把车停下来，歪过头来看着我说："马小卓，我们又见面了！"

他的手机已经响了好几次，彩铃是一首很好听的歌，那个听不出是男是女的歌手在唱："天上风筝在天上飞，地上人儿在地上追……"他并没有接，而把它拿出来，很干脆地关了机。

"我要去县里。"我说。

"好的。"他说。

"谢谢你。"我说，"我会付钱。"

"付多少？"他问我。

"你说。"我低着头，上帝原谅我，我不敢看他的眼睛。

"那您看着办吧。"他笑，重新发动了车子。

一路上，气氛很冷清。他一反常态，没调侃我不说，甚至都不问我这时候要去县里干什么，他用沉默来放纵我的无理要求，更让我有些说不上来的不安。我试图找点话来跟他交流，但我不知道我该说什么才好，我一向是个不善于和人交流的人，更何况是跟他。

我想问他的病是不是好了，怕他会回我你才有病。我想跟他说谢谢，又怕他会突然发疯停下车子不开了。于是我只能脑子交战嘴唇紧闭扮傻充嫩，直到他终于忍不住先开口问我："你这是要回家去吗？"

"是的。"我说。

"你丫真挺有性格的。"他笑，"我喜欢。"

你看，他就是这样，说什么话都让我没法接得上。

"你见过这么大的雪吗？"他又问我。

我摇头。

"说话！"他说，"我在开车，你摇头我哪里看得见。"

我真是这样，一生气脑子就灵活了，立刻反唇相讥，说："你看不见怎么知道我在摇头呢？"

"哈哈哈。"他大笑起来，好像很开心的样子。

我却没心没肺地想起一个成语"笑里藏刀"。的确，对于我，他就像口井，好像随时都有只蟑螂甚至有个贞子从里面爬出来一样，让我的一颗心日夜不安。于安朵说得对，他确实跟天中的男生太不一样，也跟我以前遇到的每一个男生都不一样。他眼神里的烈焰，随时随地都有让人崩溃的可能。

去往县城的高速路封了，他就带我走国道。雪真的是疯了，越下越大，我们的车行进得也越来越缓慢，路上，我一直在打阿南的电话，但一直都是关机，关机，关机！

"打谁的电话呢？"他终于问我。

"我爸的。"我说，"他来学校看我，开车回县里，一直没消息。"

"真是个孝顺女啊。"他取笑我，"不过我有个问题啊，等会儿要是找到你爸，你怎么介绍我呢？"

他又来了！

"朋友吧。"我说。

"哦，朋友。"他好像在玩味和思索这个词，又是好半天都不再说话。我们在国道上走了近四十分钟,忽然发现前方的路已经完全不通了,车子被堵了起来,进也不能进,退也不能退。

他下了车去打听,过了好一会儿才上来对我说:"没戏了,听说前面几辆货车追尾,全撞到一块儿,这里都堵了好几个小时了。"

"什么?"我声音颤抖地问他,"你说什么?"

他怀疑我听力出了问题,朝着我大喊道:"我说没戏了,前面几辆货车追尾,全撞到一块儿,这里堵了好几个小时了!"

他话音刚落,我已经拉开车门跳下了车。

"马小卓,"我听到他在后面喊,"你爸不会有事的,你给我回来!"

我只当没听见。路面本来就窄,来往的车辆把两边堵得死死的,只有中间一个小道可以供人通过。我大脑缺氧,思维尽失,浮上心头的全是些不该有的想象。路上全是冰雪,那些冰雪像是有意要为难我,不仅肮脏,而且非常滑,七岁那年,我就学会了骑自行车。本来我的身体平衡能力应该非常好,可是在这样的天气这样的心情下,我还是狠狠地摔了几个大跟头。但我什么也管不了,摔就摔,摔了爬起来就是。冷风也像着了魔,拼了命地刮,雪打在我脸上,要好一会儿才觉得凉。整张脸仿佛一块冰片,麻木得就算此刻有人剥下我一层皮我也不知不晓。有一个路边的老大爷从对面过来,对我伸过手来,递过一把伞,我甚至连拿的力气都没有。我只是冲他微笑了一下就继续前行,心里只有一个念头,那就是无论如何,都要走到前面撞车的地方,去看个究竟。

我又在这时候想起了她，我一面艰难地歪歪倒倒地往前小跑，一面在心里狂喊："林果果，你在哪里，你要保佑他，你要保佑他，一定要！你不可以让他出事，绝不可以，不可以！"

车子堵了有一公里多长，等我终于连滚带爬地到达出事地点，我被眼前的情景惊呆了。在我眼光所及之处，我看到了好几辆翻过去的货车，两辆横在路边，还有一辆半个车身完全翻到了护栏外，我看到担架，看到鲜血，看到无数的碎片，我用早就湿透的手套用力地擦着眼睛，希望能把眼前的一切看清楚。等等，就在前方不远处，有一辆蓝色的差不多支离破碎的小货车，是不是他，是不是他的？

"不要待在这里，回你车上去！"就在这时，有人过来拖我。他穿着黄色的马甲，好像是正在处理事故的工作人员。

我推开他，不顾一切地往前走。

"不能去！"他拖住我。

我用力咬他的手，他放开我，我因为用力太猛，又被他一推，一个踉跄跌倒了，前面有警戒线，我索性爬着往前，可是我的腿不听我的使唤，全身一点儿力气都没有。我爬了半天，好像只爬了一点点儿，我趴在地上喘气的时候，感觉到后面有人跟上来，他也喘着粗气，一把把我从雪地里拎起来，拎到他怀里，拍着我的脸颊大声责骂我道："马小卓，你给我冷静点！"

是他。

我离崩溃只差零点零一毫米，我抱住他，忍不住全身的颤抖。就在这时候，一束灯光从我的身后打过来，我看清楚了那辆快成为一堆废铁的蓝色小货车的车牌，上面写着一个大大的"皖"字。

不是他，不是他，不是他！

而此时的我，犹如一个被放了气的篮球，全身失去了所有的支撑，歪倒在他的怀里，笑了。

18

冷。

当他把我拖回车上，扔到后排座位上的时候，我唯一的感觉就是：冷。雪水浸泡着我的脚，寒冷从下至上，控制我整个身体。我的牙齿不停地打颤，过度的恐惧过去之后，我的听觉视觉嗅觉好像都统统失去了，只余下一个寒冷的灵魂，可怜地等待复原和重建。

他把车里的空调开到最大，把大衣脱下来，给我披上。他把我僵硬的腿抬起来，命令我说："把鞋脱掉！"

事实上，我根本动弹不了。他一把扯掉了我的球鞋，扯掉了粘在我脚上的早已湿透的白色球袜，然后他不知道从哪里找来一条干的大毛巾，替我擦干我的双脚，再用毛巾把它们一层层地裹了起来。

我从没在男生面前光过脚，但在剧烈的寒冷面前，羞耻占了下风。我很顺从地让他替我做完这一切，直到我的手机铃声尖锐地响起。

我手忙脚乱地接起电话，是阿南，他终于联系我了！

还没等他说话，我冲着电话就大喊："你去哪里了？"毋庸置疑，我声音里带着哭腔。好在我只说了五个字，才不至于在他的面前太穿帮。

"手机没电了。"他说，"雪太大，我没回得去。刚到朋友家住下，才把电充上，那么多短信，你一定担心我了吧。"

"是。"我一颗心回归原位，努力发出一个正常的音回应他。

他没事，真好，他没事。

"你在哪里呢？"阿南问我。

"宿舍呢。"我想了半天，还是选择了撒谎。

"那就快睡吧。"他吩咐我，"这两天天气恶劣，就待在学校，不要乱跑。"

"嗯。"我说。

"对不起啊，让你担心了。"他隔着电话，很郑重地跟我道歉。我的眼泪忍不住就流了下来，真恨不得抽自己一巴掌，我真是神经病，他怎么会有事？

我跟他仓促地说了声再见，仓促地挂掉电话，然后，我抱住自己，把头埋进胳膊里，继续哭。

"喂！"他伸出手拍了拍我的肩，"你有完没完了？"

过了好一会儿，我停止抽泣，低着头把手机放回口袋，不让他看到我的狼狈样，支吾着说："没事了，我们回去吧。"

他却伸手用力抬起我的下巴，逼我面对着他，用好奇的眼光研究了我的脸半天后说道："我很想知道，被刀逼着都不会哭的马小卓，为什么会哭成这样？"

他看得我非常不好意思，脸上的红潮也悄悄地泛起。但我没有试图去挣脱他，因为我知道，如果我反抗，他一定会做出更出格的行动。于是，我索性抬起眼睛跟他对视。于安朵说得一点也没错，火焰，是的，火焰，就在那样的注视下，寒冷从我的身体里撤退，我竟有了要出汗的感觉。

他紧紧地捏着我的下巴，不放开我，问我："你刚才搞得那么紧张，就是怕你爸爸出事吗？"

"嗯。"我说。

"你可真有意思。"他的语气里竟是取笑的味道。

我反问他："如果是你的家人，难道你不担心吗？"

"哈哈。"他笑，终于放开我，然后说，"你错了，我从六岁那一年起，就每天都想着该如何杀掉我父亲。"

我无语。

"算了！"他的坏脾气不知道从哪里就冒了出来，"像你这样在蜜罐里长大的姑娘，我可不指望你能听得懂我的鬼话！这路堵得，车都动不了！烦！"

说完，他身子靠后，脚狠狠地踢了前面的座位一下，手臂枕在头下，闭上了眼睛。

他不理我正好，我也学他，闭上了我的眼睛。我真的累了，太累了，什么也不想做，什么也不想说，就让我好好地睡一觉吧。我讨厌雪，讨厌提起过去，讨厌别人动不动就发坏脾气。可是，他却不让我安宁，伸出手掌，大力拍我的脸颊说："不许睡，你没听说过吗，就这样在车里睡着，会死掉的！"

我下意识地伸出手就去捂他的嘴，我讨厌他动不动就提"死"这个字。

"你很怕这个字是吗？"他又一次猜中我的心，不过他握住我的手，靠我近一些，对我说，"太枯燥是会睡着，不如我们来讲笑话吧，我先讲啊。"

没等我表示反对，他已经讲了起来："我来讲一个冷笑话，有个包子，他走在路上，走着走着就饿了，然后，他就把自己吃掉了。"

讲完，他用充满期待的眼神看着我，我没笑。

他有些失望地说："好吧，到你了。"

遗憾，我不会讲笑话。我所知道的，只是语数外，理化生。于是我只能无奈地耸耸肩，看着他。

"好吧，那我继续。"他还我一个比我还无奈的表情，继续往下讲，"有一只企鹅很无聊，就拔自己的毛打发时间，后来终于拔掉了最后一根毛。这个时候它忽然说，哎呀，好冷啊，脚都冻坏了。"

我看着他，他忽然举起左手说："我发誓不是讽刺你。"

我实在忍不住笑了一下，他得意起来，说："接下来给你来个重量级的，笑话加脑筋急转弯，请问马小卓同学，一只兔子和一只跑得很快的乌龟赛跑，谁赢？"

我答："兔子！"

"错！"他敲我头一下，"你上课听讲一定不认真，答案是乌龟。前面有说是一只跑得很快的乌龟，跑得很快，难道你没听见吗？"

噢，真是讨厌。

"好吧，我们继续，兔子不甘心，又和一只戴了墨镜的乌龟比赛跑步，请问这次是谁赢呢？"

这回我认真想了一下，谨慎地答："还是……兔子吧。"

"错！"他又用力敲我的头一下，"那只乌龟把墨镜一摘，耶！又是刚才那只跑得很快的乌龟！"

我无语了，但被他敲过的头真的很疼。于是我哭笑不得地看着他说："不许再敲头了，很疼的，听到没有。"

"好吧。"他说，"答最后一题，错了我也不敲了，保证不敲了。"

"兔子还是企鹅呀？"我觉得我都快被他弄疯了。

"不是，这次是一只狼。"他挠了挠他的头，语速放得很慢，"是这样的，有一只狼，爱上了一只羊，他就跟自己说，不能爱啊，不能爱啊，不般配啊，不能害人，哦不是，不能害羊啊。可是，你知道怎么着，那只羊却在一个下雪天自己跑到狼的车上来了，你说狼该怎么办呢？"

"你放屁！"这回是我伸出手去打他，我打得很重，敲得他的头砰砰作响。他一面躲闪一面惊讶地说："原来羊也骂粗话？"

他不知道，在四川，这样骂人是很常见的，并不能叫作粗话。

"狗屎。"我又恶狠狠地加上一句。

我的词典里，也就这两个词最具有杀伤力，索性全都送给他。

"败给你了。"他睁大眼睛看了我半天，然后捏住我的手，装出一副委屈的样子息事宁人地对我说，"好吧，羊小姐，我看你真是累得不行了，允许你睡会儿。等天亮了，哥哥带你去看日出。"

车里的暖气越来越足，我的睡意也越来越强。当他终于停止他的聒噪以后，好像只是一秒之间，我就跌进了梦境。可是我并没有得到安稳的睡眠，我的头剧烈地疼痛起来，全身滚烫，烫得像是被什么绑住了，绑得很紧，丝毫也不能动弹。我睁不开我的眼睛，只听到我的喉咙里发出可怕的呻吟声，他好像把我抱了起来，好像在喂我喝水，我好像还听到他在骂我："马小羊，这就是你逞能的后果。"

我很想跟他说，我叫马卓，不叫马小卓，更不叫马小羊，如果他以后再敢乱给我起名字我就要打爆他的头！但可惜的是，我心有余而力不足，我什么话都没说出来，估计连一个音节都没有发出来，就昏昏沉沉地又睡了过去。

19

睡眠一定是时间的小女儿，他才对她最宽容最奢侈。每次醒来看表，我都会惊叹时间在睡眠这桩事情上，居然逗留了如此之久，而我往往毫不知情。

不知道是因为做了一个可怕的噩梦，还是因为盖在我身上的两条棉被实在太厚太沉，醒来的时候，我竟然满脸都是汗水。

我伸手去擦，却发现手心的汗更多更密。

被窝里的气氛不同寻常，闻上去像是一种只有清晨的露水才有的好闻的气味。我完全不明白，我在哪儿？

我望向格子木头做的床棱外，一丝鸡蛋清般细腻的阳光透过玻璃窗落在梳妆台上，窗外的雪停了，我能隐约看到院子里的另一间屋子的檐头露出的青青的颜色。我甚至，能依稀闻到窗外厚厚积雪下急不可耐要散发出来的迎春花的香味，虽然冬天还未过去。如果这真的不是做梦，那一定是一个美好的清晨。

我很老土地掐了掐自己，以证明我不是在梦中。

然后，我努力掀开那两条被面缝着盘旋的龙凤图案的金色棉被，挣扎着坐起来。我一定是昏睡太久了，眼睛聚了好一会儿的焦，才看清周围。

这真是一个我从来没有来过的地方。

我转头，才发现前方的椅子上坐着一个女人，清晨的阳光正好打在她身上。她的穿着很奇怪，大红棉袄和绣花棉裤的搭配，头上包着一块很漂亮的蓝色头巾，像个刚出嫁的农村媳妇，而且，她正在擦拭一把又黑又亮的猎枪，嘴里哼着飘忽不定的曲调。

见我醒了，她立刻举起猎枪，瞄准，对着坐在床上呆望她的我，发出"砰"的一声。

是夏花。

不过这一次她没有吓到我，我笑了，内心有遇到故人的莫名安全感。

她把猎枪小心地放在地上，坐到床边，轻声问我："醒了？"

"这是哪里？"我问她。

"你昨晚烧得像个小迷糊。"她说，"梦话连篇，我照顾了你一晚。"

"谢谢你。"我摸摸自己还有些发烫的脸颊，有些不相信地问她，"我说梦话？"

"是啊！"她说，"你一直在喊妈妈，一看就是个离不开妈妈的娇宝宝。"

"才不是。"我为自己辩解。我不相信她的话，我从小到大，就没有任何机会可以撒娇地喊妈妈。所以，在梦里更不会。

"哈哈哈。"她笑，显然更不信我的话。

我有些不由自主地盯着她看，她完全没化妆，但皮肤很好，笑起来，露出洁白的牙。有一颗牙有点尖尖的，看上去很可爱。

我摸了摸身上的衣服，才发现我只穿着内衣。那把直指心脏的短剑神奇般的回归抑或重新降临到我胸前，好像还沾着我汗水！

我的心里划过一丝异样的感觉。

她立刻又笑着说："衣服是我给你换的。至于这个护身符嘛，是他给你戴上的。"

我疑心，他们姐弟俩，是不是都学过猜心术。

"你的车没事？"我问她。

"卖了。"她轻描淡写地说，"给他买了辆越野车，他想了很久了，只可惜没太多的钱，买的也是二手货。"

"那你不开车了吗？"我说。

"我？"她朝我眨眨眼，哈哈大笑，"你没看出我隐居江湖了吗，以后我靠打猎为生。"

说完，她拍拍我的头走了出去，回来的时候，手上多了一只盛满浓浓的褐色汁液的药碗。她把它端过来，送到我唇边："喝吧，妹妹，祖传秘方。"

我接过那碗还发着微微热气的汤药，仰头喝下。这汤药味道极苦，喝下去的时候，我的舌头都在打颤，不过这点苦对我而言完全不在话下。记得三四岁的时候，奶奶就喂藏药给我喝，盛在小银勺里，抵着我的舌根，一仰脖子，仿佛快要吐出来，最终却帮助汤药顺利进入肠胃。奶奶用那样的方式训练我喝药，简直比囫囵灌下更为刻骨铭心。

从那时起我就相信良药苦口的说法。因为按奶奶的理论，生病的人身体有一个窟窿，只有那些苦辣的汤汁可以让那些啃噬身体的病菌死亡。

夏花把药碗接过，看了看空空的碗底，满意地说："果然不是娇生惯养型的。"她把空碗搁在桌上，对我说，"饿不？"

我摇摇头。

"那就再睡会儿？"

我点点头，摸着我暖和的胃部，又一次滑进了被窝里。

夏花又回到床边的座位擦她的枪，我仍然不知我身在哪里，也一直都没有看到他。但奇怪的是，我没有追问的欲望，反而在心里滋生出一种奇怪的安全感，在这种安全感和药力的双重作用下，我很快又进入了很深的睡眠。

这一次的睡眠，梦很清晰。

我梦见了爸爸，也梦见了奶奶。仿佛跟她离开我的那个白天，一样的梦，也是一样的山头。

只不过，这一次又多了一个她。

他们好像在喝酒，把酒倒在怪异的银质高脚杯里，一饮而尽。奶奶笑眯眯地看着她和爸爸，然后，他们跳起了舞。爸爸把她抱起来，是的，我只在遗像里见过的爸爸，我的爸爸，他有个比任何人都牛的名字，叫马飙。他也有着比任何人都豪爽嘹亮的笑声，让人听着，就不由自主地想和他一起笑出声来。

他们好像在喊我，奶奶手里捏着我从小最喜欢的那一只摇鼓，唤我过去。梦里的我，好像和他们隔着很远的距离，没法走近，却能看清他们所有人的表情，说不出有多幸福愉快。

这样的梦，应该算是从我记事开始，少见的美梦之一了吧？

所以，当我在下午四点醒来的时候，我的精神恢复了一大半。我很少生病，这样长久的睡眠对我而言简直是种罪过，我飞快地爬起来，飞快地穿好衣服。穿衣服的时候，我的手碰到他的护身符，对着阳光看，发现它变得更柔和，甚至隐约散发出一股麝香的味道，让我难免有些精神恍惚。我犹豫了半天，还是没有取下它来。

我的球鞋晒在窗台上。床头有双拖鞋，我穿上它走出门，发现毒药正在洗车。一个细长的皮水管被他捏在手里，车身多余的积雪像被热水烫掉了一层皮似的，欢快地掉落下来。

他发现了我，夸张地做了一个邀请的姿势，歪着头，甩着手中的皮管，得意地说："马小羊，欢迎来到美丽的艾叶镇。"

哦，这里是艾叶镇？我知道这里，这是全县最美的地方，离我们县城特别近，大约只有几公里。初中的时候学校郊游来过，可惜那时候的我压根不懂大自然的景色，除了埋头读书还是埋头读书，用颜舒舒的话来讲，迂得无可救药的迂。

冬天白天短，不过四五点，黄昏的气息已经仿佛晚归的脚步一般慢慢逼近。就着昏黄的落日，我眺望四周。一切都溶解在这醉人的橘黄色雾气中，特别是不远处一座不算挺拔的山，居然这个季节仍然被绿色植物完全覆盖，看不到一点儿苍老的迹象，反而苍苍郁郁，像一只巨型的仙人掌球一般生命力旺盛。

这里是世外桃源，抑或人间仙境？我禁不住大口吸进清凉的空气，感冒一刹那似乎全好了。

我转身，发现他正注视着我笑。我不好意思地低头看穿着拖鞋的自己，想着昨夜他替我擦脚的情景，脸上的红潮就要命地重返家园了。

好在没过一会儿，夏花就招呼我们吃晚饭。

满桌菜肴居然都放辣椒！我差点以为我看错，我以为所有江南人的口味极限就是酸菜鱼。可是我看到的的的确确是辣子鸡、酸辣白菜和辣粉条。这似曾相识的味道和菜肴，立刻引起我浓厚的食欲，空气中弥漫着的辣椒香味，简直可以用催人泪下来形容了。

我刚吃了半碗饭，夏花把我的手机递给我，说："忘了，你睡觉的时候，这玩意一直在响，我替你关了。"

我以为是阿南的电话，忙不迭地打开手机，一看是颜舒舒，她从中午一直在打，打了差不多有十几个电话给我。

不好！

我完全忘掉了，今天是肖哲的生日。

我犹豫了一下，还是把电话打过去解释。我不是故意失约，相信他们能理解的吧。

可是这一次，她却没有接。过了好一会儿，她发来了一条短信："你跟毒药走了，他哭了，我伤心了。"

我把手机放到桌上，继续吃饭，没想到毒药的电话又响了起来，依然是那首歌：天上风筝在天上飞，地上人儿在地上追，你若担心我不能飞，你有我的蝴蝶……

他看了夏花一眼，也同样按掉了它，没有接。

电话又不折不挠地响了起来，他故伎重演，关了机。

夏花狠狠地拨拉了两口饭。"我早警告过你，要是让他知道我现在在这里，我饶不了你。"

毒药解释说："我什么也没说。"

夏花还是不满。"早就叫你不要去惹那个神经病的女儿，你偏不听。"

毒药头也不抬地回答："要不是你傍了她的秃瓢老爹，她妈能变成神经病吗？"

夏花大怒。"要不是我去傍秃瓢，你现在死哪里还不知道呢！"

毒药回嘴说："我宁愿死！也不愿意陪你丢这个脸！"

夏花丢掉碗，站起身来，对着毒药："你再说一次。"

"怕我说？"毒药站起身来，手指着门外，"你躲得了初一躲得过十五么，整天待在这个鸟不拉屎的鬼地方，你看看你的样，跟个农村妇女有什么区别？胆小鬼！"

夏花拿起桌上的一个空碗，向着水泥地奋力一砸，碗在地上开了花。这个惊天动地的动作之后，她指着半开的大门，对着毒药恶狠狠地吐出一个字："滚！"然后，她自己跑进了里屋，砰的一声把门带上了。

空气里，能听到尘埃破碎的声音。

我看到毒药颓然地坐下，他拿起了另一个碗，慢慢地把玩。我等着他把它砸碎，等他出了气，我就可以上去安慰他一两句。可是，他没有，他只是把碗放回了原处，然后对我说："没办法，我们总在吃饭的时候吵架，从小就这样。"

我不知道该如何劝他，这简直是我最不擅长做的事。

他站起身来对我说："走，我们出去透透气。"

"去哪里？"我问他。

"吃人谷。"他做个吓我的表情说，"专吃小羊。"

看上去，他心情不算坏。但我想刚才他的愤怒，应该也不是装出来的吧？"毒药"的意思，难道就是滋味难辨真假？我看他的眼睛，眼珠分明，此时此刻显得一派天真。可我发誓，这不是他的真表情。我怀着忐忑的心转身要往屋里走，他却伸出长长的手臂把我一拦："早知道你这么不给面子，我昨晚就应该趁你迷糊，把你扔了喂狼。"

"换双鞋不行吗？"我回身对他说。

对付这种人，只有声音比他大才行。

二十分钟后，我已经和他来到了山顶。虽然我身体仍有微恙，刚落过雪的山路也不好走，但经过昨夜强化训练过的我，这些小困难都不在话下。山顶上黄昏的天美得不可言语，我觉得用任何语言来形容它都是苍白的。我仰着头惊喜地往前走，却被他一把拖住说："小心，前面是悬崖。"

真的是悬崖。

孤悬在半空中的悬崖，除了后半部与山体相连，大部分都悬在高空。夕阳温柔地倾泻而下，照在地面上依旧残留着未化的雪，反射着隐隐的白光。一切跟我上午刚刚做过的那个梦完美吻合，我屏住呼吸，生怕又是一场梦。

他早有准备，从口袋里掏出两个塑料袋，铺在地上，拉我坐下。

我忽然有种奇怪的感觉，我觉得我有很多的话要跟他说。我同时也觉得，他有很多的话要跟我说。但此时，沉默的力量却超越一切，我还是宁愿将千言万语藏在心里，那样才是最安全的选择吧。

怪只怪这美好的风景，彻底扰乱了我的心。

"我小时候常常一个人在这里坐着。"他做个飞的手势对我说，"琢磨着自己会轻功，跳下去，像飞。结果没一次能鼓起勇气。"

"你别跟夏花吵，"我说，"她对你挺好的。"

"我们不是一个妈。"毒药说。

"嗯。"我说。

"你为什么不惊讶？"他转头看我。我只是笑笑，其实我早就知道，我只是不想出卖于安朵。

"你最怕的是什么？"他忽然问我。

我想了半天后答："失去。"

"呵呵，小丫头也懂失去吗？"他说，"你可真正尝过失去的滋味？"

"什么叫真正失去？"我问他。

"比如，失去父母，失去信任，失去爱，甚至失去自由……"他看着远方，叹了一口气，"你不会明白的。"

"我懂。"我说。

"谢谢撒谎。"他臭美地说，"每个喜欢我的女生，都喜欢这么说。"

"那你是不是喜欢跟每个喜欢你的女生说这些呢？"

"不。"他飞快地回答我，"你是唯一一个。"

"我是孤儿。"我看着他，不再回避他的眼神，吐出了这四个字。这是这么多年以来，我从来都没有跟人提起，却无时无刻不在提醒着我的四个字。我早将它当作一个秘密，或者一个黑色的锦囊，扎紧口攥在手中塞进心里，谁也不能尝试得到或者发现。当我终于吐露，心像撕裂了一小块，有轻微的疼痛，又像本已缺氧的鱼，终被狠狠地抛进碧蓝的海水里，一瞬间拥有了永恒的无边无际的自由。

原来，直面这些，并没有想象中那么可怕。

他把手悄悄地放到我肩上，轻轻地，若有若无。和往日那个他完全不同。不知道这样过了多久，我才听到他坦白的声音。"那晚我并不是有意要侵犯你，我发誓。"

我的脸微红，继而变得潮红。

然后他又用宣誓一样的声音补充了一句。"马小羊，放心。以后，我不会允许任何一个人欺负你，包括我自己！"

我抬起眼，和他对视了一眼，又很快地转开了眼神，望着远方一汪深黄色的天。

他伸出一根冰凉的手指，放在我的眼角，替我轻轻擦去泪水。

山顶的寒气早就悄悄袭来，可我却丝毫不觉寒冷。我们依偎着坐在一处，什么话都没再说。说来也奇怪，所有刚刚还在心里翻腾着恨不得一吐为快的话语，随着那个伸手抚过我脸的动作而归于平静。也许就是从那个时候开始，我明白了什么叫懂得。如果不是因为懂得，我们不会那样一直坐着，就像所有的问题都得到了答案，所有的故事都不必清楚结尾一样，直到落日洒尽了最后一抹余晖，天空也收敛了它原本的色彩，眼前的世界终于像疲惫的孩子回到了母亲的身边，满足地合上了眼。

直到那一刻，我才明白，书上说的相望即相知，原来是这样一回事。

20

期末考试，在这个城市第二场大雪之后来临了。

南方的灾情此时已经爆发，有人在早读时把收音机带来教室，这样大家每天就都能听到灾情汇报。

除此之外，面对堆得高高的教辅材料，我们没有别的方式来减压。

自从那晚从艾叶镇回到学校，我的世界忽然变得非常平静。就连颜舒舒，除了"作业本借我看一下"和"带词典了吗？"这样的问题，也不多和我说一句话。我知道她在生我的气。可是我早就说过，我不是爱解释的人。如果非要我那样做，才能获得朋友的理解，那和祈求宽大处理的嫌疑犯相比，又有什么区别呢？

我不需要任何人的宽恕，是因为，我根本就没有做错什么。

最最重要的是，我的生活已经和以前完完全全不 ·样了。心里的孤单堡垒已经完全被莫名而来的幸福敲碎。那天他送我回到学校，我只许他把车停得远远的，而他听话地把我放下来，然后告诉我他要开车去替夏花买她最爱吃的烤鸭和一个润唇膏。

我站在原地目送他，他慢慢地把车退回来，摇开了窗玻璃，取下了帽子，很认真地问我："马小羊，做我的女朋友，好不好？"

我没有点头，也没有摇头。

"你很酷哦。"他说。

"怎么说呢，还行吧。"我答。

他的暴虐症又犯了，手里的帽子伸过来就要敲我的头，我嘻嘻笑着，退得老远。他举着帽子跟我再见。我转身跑掉，心里的甜蜜像夏天黄昏管不住的小虫子，飞得满天满地。

我对自己说：要乖。

马卓，一定要乖。

天中的期末考试，所有同年级的同学打乱班级重新分配考场。直到走进考场，我才知道，肖哲就坐在我的前面。

语文开考前的五分钟，他忽然把头转过来看着我，说："复习得怎么样？"

"还好。你呢？"

"我看过你的语文复习提纲，你起码有三个重点没有列出来。"说完，他对我比出三根手指，又说，"马卓同学，你这次肯定考不到第一，你信不信？"

他居然偷看我的复习提纲！

他终于抬起眼睛看着我，这是我第一次注意他的眼睛，说不上漂亮的单眼皮，眼珠不大，但是颜色分明。他的眼角像女孩子那样有一颗小小的痣，让他看起来显得较为腼腆。可是透过黑色框架眼镜，我却看到，那眼神明明写着愤怒，且不是一点点。

他在对我愤怒吗？

那样不甘心的一种愤怒，我完全能明白，那样的眼神，就像信任猎人却反被猎人利用、丧失同伴之后的狼群首领。

他带着那样的眼神回过头去，头也不回地把试卷传给我，埋下头答题。

不知道是不是被他的预言所击中，那次的期末考试，我真的没有得到第一名，而是第五名。

老爽在报到我的名字的时候，特意停顿一下，意味深长地看了我一眼。

我看着肖哲的背影，这一次，他没有回头。

他是第一。

如果让他知道，第五名对我而言，也不是一件不能接受的事情。不知道他是不是会觉得失望和难过呢？

临放假前一天，我在宿舍收拾东西。

颜舒舒这次考到第二十名，对于她来说，这是一张很不错的成绩单了。我看到她把一堆货收拾好，细心地记录，再塞到她的香奈儿大包里。我问她："假期不做生意了？"

她面无表情地答我："天中的人都不识货。"

我觉得我分不清，她言语里的那种不屑，到底是对天中的人不满，还是对我不满。

不过话不投机半句多，我还是收拾我自己的吧。床上的东西太多，一本参考书不小心没拿稳，掉到地上，里面飞出一封信，我这才想起来，那是于安朵上次让我带给毒药的，我竟然一直将它遗忘。

我心里有小小的挣扎，看，还是不看？

最终，我还是打开了它。

信里只有一张小小的白纸，上面只有一行小字：

今晚如果你不来，我就和大帮上床。

你姐姐抢走我的爸爸，我把一个被你最恨的人破坏掉的破损的我还给你，才是两清。

朵朵留

这两句简单的话，不必揣摩也能看懂其中的意思。我的心好像一下子被一根绳子捆得紧紧的，怎么都无法逃脱那难以言喻的愧疚感。

我失神地坐在自己的床边，花了好长时间来确认我对于安朵的愧疚。如果我把这封信顺利转交，或许她现在和他，就会快快乐乐地在一起？

我对不起她。

原来，这就是他和她的关系。那么复杂，复杂到我用了很长时间去思考依然不愿意接受的地步。

就在我失神的时候，颜舒舒坐在了我的床边，她双手背在身后，仍然是面无表情地说："我是退钱给你？还是把东西直接给你？"

"什么？"我问。

"你买给肖哲的生日礼物。"她说，"我没有替你转交。"

"给我吧。"我收起信。

她把礼物交到我手上，我立刻冲出宿舍，往教室走去。

我没有猜错，肖哲果然在教室。

他仍然戴着那个绿色的头箍，包住整个头，鼻子上渗出细密的汗也不舍得摘下来。他站在一张椅子上，显得足有两米高，身子半倾向前，用工整的小楷在教室后面的黑板上写新学期寄语。才放假他就忙下学期的事，真是赶在时间前面的人。

我走近他，他也没有转头，像是没发现我的存在。我故意咳嗽了一声，他才转头看了我一眼，又继续用更用力的笔触在黑板上写字，粉笔灰一点一点地掉落下来。

"恭喜你，第一名。"我说。

"谢谢。"他冷冰冰地答。

我看了看手中的粉色小熊包装的纸盒，双手抱住礼物，高举起来，鼓起勇气仰起头笑着对他说："上一次你生日，我没去，这是迟到的生日礼物，请笑纳——"

他终于放下捏着粉笔的手，转头看我，用不相信的语气对我说："送我的吗？"

我点点头，很想告诉他，这是我长这么大，第一次送人生日礼物，更何况，是送给一个男生。

可是，最令我始料不及的事情还是发生了：他用左手接过我的礼物，没有看那礼物一眼，也没有看我一眼，甚至都没有掂一下，就顺势举起礼物，像扔一个极其沉重的铅球那样，极其冷漠地，把它向着教室北面的最后一扇打开的窗户扔过去。

礼物划出一条抛物线，消失在我的视线里。

我甚至没有听到一声"咚"。

抑或，我根本已经耳聋眼瞎了。

他扔了它？

我睁大眼睛，看着那个继续前倾着身子、旁若无人地用白色粉笔勾勒边框线条的书呆子，简直不敢相信这是真的。

他扔了它！他就这样恨我吗？

我到底做错了什么呢？

我转身冲出了教室，我再也不能够等，我必须在我的大脑意识到这是一种耻辱之前逃离这个地方。

不去参加生日宴会就要受到被侮辱的惩罚，恕我闻所未闻吧。如果说，我所以为的友谊这种感情，应当是纯洁如白纸的话，那么我只能说今天我承认，我错了。

但是，谁能告诉我，这是为什么呢？

该说对不起的人，到底是我还是他？

阿南在校门口等我，他的蓝色货车刚洗过，他的精神也很好，替我把大箱子一把拎到车上去，很高兴地说："放假啦，可以喘口气喽！"

颜舒舒背着她的香奈儿从我们身边经过，她什么话都没有，只是看了我们一眼，象征性地笑了一下，就走了。

"是你同学吧？"阿南说，"她家远不远，要不我们带她一程？"

　　"不用了。"我上了车。

　　对于肖哲和颜舒舒对我态度的一百八十度转弯，我在阿南接我回家的路上反复思考，仍然猜不透。思考过度的结果，竟然是我越发地想念他。我必须承认所有我以为赠予我却不求回报的人相比，只有他是懂我的。只有他懂得我的爱恨情仇，我的寂寞孤独，都不是无缘无故。只有他明白我的心不甘情不愿，并不是自私任性，而是命运使然。

　　"怎么了，有心事呢？"阿南问我。

　　"对不起。"我说，"我只考到第五。"

　　他朗声大笑说："我家闺女，我绝对放心。"

　　说完，他开了他车上的音响，一个浑厚的女声在唱："忘不了，忘不了，忘不了你的笑，忘不了你的好……"

　　时光过去那么久，他依然独爱一首歌。

　　羡慕他，也感谢他。世上待我如此宽厚的人，唯有他吧。

　　当然，或许，还有他，我记得他对我发誓时的样子：马小羊，以后，我再也不会欺负你，也再也不会让人欺负你。

　　我记得他发来的短信："我在悬崖上等你考完试。"

　　回家后的第二天，我就无法控制自己，离家去看他。

　　那天阿南去外省进货，奶奶外出，去邻居家打麻将。

　　我悄悄地去了车站，花十块钱买了车票，没有给他电话，也没有给他发短信，坐上了去艾叶镇的车。

　　我希望他看到我的时候，会高兴地一拍我的头说："马小卓，你来了！"如果他拍得太重了，我就跳起来，回击他，让他知道我的厉害。

当我好不容易找到那个黄昏里绝美的老房子的时候，夏花正蹲在院子里，给一只鸵鸟洗澡。是的，我没有看错，那的确是一只鸵鸟。

这么冷的天气里，不知是不是因为鸵鸟天生不怕冷，它居然骄傲地仰着头，任由夏花洗刷。

"它叫苏菲玛索，是我的心肝宝贝。"夏花替它披上一条厚实的绒布浴巾，在身上随意擦了擦手，指着门外不远处那座山对我说："他上山了，不过我劝你别去。那里第一次去容易迷路，丢了找也找不到。"

他真的在那里。

不，我要去。

连"谢谢"都来不及说，我就忙不迭地离开了夏花的家，向着那座山走去。

等我爬到山顶时，已经接近中午了。

我依稀看到他的背影，似乎是在一个悬崖边，背对着我站立。

在看到那个背影的一刹那，我差点哭出声来。

马卓，你这是怎么了？当我发现我难以自持的冲动已经真真切切地战胜了所有我一直引以为荣的乱七八糟的骄傲自尊的时候，我除了觉得羞耻，更多的是无奈。

或许，就像他眼里的火焰，有些东西，再深埋，也终究会耀眼。所以，如果有人非要把生命比作花朵，那属于我的那一株，一定是吸满了露水的花蕾吧。即使我把开放的时间压得再久一些更久一些，也控制不了她终有一日的怒放，谁说不是这样呢？

苇草扫着我的双脚，可是我却越走越快。就在我只离他不到五百米的时候，我却看到，他不是一个人。

苇草太高太杂，遮住了他的身边于安朵的身影。

你要相信，那一刻，我没有什么如被雷击中晴天霹雳的感觉，我只是静静迈步，又到了离他们更近的地方，停下了脚步。

此刻中午的太阳正在升起，山顶的树枝和罕见的白色小花，齐齐被这更接近天空的纯洁阳光沐浴。

站立在悬崖边的于安朵梳着沉静的辫子，穿着一件白色的修身剪裁的大衣，她眯起眼睛看太阳，脸孔那么安详，我甚至能看得清楚她微翘的嘴唇上的粉红色，和她光洁的额头上根根分明的细密的绒毛。

金色的阳光扫过她的发尾，那里好像降落着无数的蒲公英，等待仙子一声令下，就齐齐起飞。

是的，这一切美得太不真实，以至于我连惊讶都不必，只需要虔诚地欣赏。

当她忽然一个箭步走向前，一只脚已经伸到了悬崖外的时候，站在她身边的他，伸出双臂，一把抱住了她的腰，将她蛮横地抱住，又逼她转过身来，毫不犹疑地，吻住了她。

纤长而高耸的草叶彼此呢喃，他们就站在悬崖的尽头，草叶的那一端。

这是冬日里最薄最透明的一次阳光吧，穿破云雾，仿佛变作一颗颗细碎的玻璃，直插入我的眼睛里来。

　　我俯身看这地面的世界，洁白和灰暗交织，融化的冰雪变成小溪，依稀就在我的耳边唱着断断续续的歌。可以停止了吗？所有被掀到高潮的音符，现在预备好了一起崩溃了吗？

　　这所有的一切，都让我疑惑：这究竟是不是哪个好心女巫的魔法，要令我直面这饱含命运暗示的一幕童话——也是我十七岁荒诞年华里，最最怅惘的一曲离歌呢？

　　再见，毒药。

　　我们终究来自不同的世界，去往不同的方向，多遗憾。